水孩子

查尔斯·金斯利 [英] 著　亓雪莹　改写

吉林美术出版社
JILIN FINE ARTS PUBLISHING HOUSE

写给孩子们

　　为你们写作这么多年,我深深地感觉到,你们的内心是透明的,也是纯净的。在你们的眼中:太阳会微笑,月亮会躲猫猫,小溪会歌唱,风儿会舞蹈……你们对生活充满了好奇,也充满了新鲜的感受和探究的欲望。

　　而和你们一起去探索发现世界,陪你们一起长大的,还有一本本美丽的书,一部部经典的儿童文学作品。这些经过岁月的磨砺和时间的沉淀留下来的动人故事,是美、是爱、是善良、是纯真,是没有时代、民族乃至年龄界限的人世间最美好的情感。我相信它一定会感动你们。

　　经典的儿童文学作品,就像一位有魔力的博学的老人,口袋里似乎有讲不完的奇妙故事。他用孩子们最喜欢的方式娓娓道来,将生动传神的故事画面铺展在孩子面前。他把故事讲得精彩而惬意,迂回婉转间,让人看着看着就不由自主地投入到故事里,和故事里的人物一起欢乐、忧伤,或会心一笑,或沉静思考。在这个过程里,你们体会着人生的滋味,也就慢慢长大了。

　　《绿野仙踪》《洋葱头历险记》《柳林风声》……今天重温这些影响世界的名篇佳作,内心依然温暖美好。我相信,这些书也一定会成为你们的好伙伴。

　　读书是一件让人赏心悦目、心旷神怡的事情。一个热爱读书的孩子,一定比别人拥有一个更广阔、更多姿多彩的世界。

　　读书,就让我们从阅读经典开始。

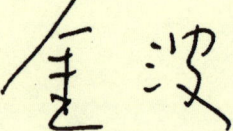

目 录
CONTENTS
水孩子

- 001　逃离
- 水中的汤姆　022
- 039　鲑鱼
- 来到大海　059

082 惩恶仙人的故事 ❺

❻ 逍遥国 *110*

141 寻找护持婆婆 ❼

❽ 天外天 *160*

逃 离

― TAOLI ―

有一个小男孩名叫汤姆,他从小就不知道自己的父母是谁。他和师傅生活在一起,整天东走西窜,为别人扫烟囱。

他住在一个北方的城市,房子很多,烟囱很多,所以找汤姆干活儿的人也很多。可是活儿是汤姆干的,钱却被他的师傅拿走了。这有什么办法呢,谁让汤姆跟着这样一个师傅呢。

汤姆从小就没读过书,当然也就不识字。他每天在黑烟囱里爬来爬去的,没人让他背起书包去上学。当然,汤姆心里从来就没想过这个,他有他自己的苦恼和快乐。

当爬在黑黑的烟囱里,不小心碰破了胳膊、膝盖,他会咧开嘴哭起来;当烟灰迷了眼睛,他也会哭哭啼啼的。这几乎是每天都会发生的事。还有,他的师傅动不动就揍他一顿,不给他饭吃,弄得他常常饿肚子,这些也怪难受的。

高兴的事当然也有,他喜欢和别的孩子一起玩掷铜钱、跳格子的游戏;或者偷偷躲在什么地方,看见有人骑马跑过时,就朝马腿扔石子儿。特别是扔石子儿这个游戏,这是他最喜欢做的了。

002 水孩子

一想起这些好玩的事情，汤姆觉得扫烟囱受的苦也就算不得什么了，挺一挺就过去了。等他长大了，成了扫烟囱的好手，他就会赚好多好多钱。那时候他也要收几个徒弟，让徒弟们干活儿爬烟囱、扛装煤灰的口袋，自己则骑着毛驴走在前面，叼着烟斗，就像师傅现在那样。

这当然不是什么好想法，可是汤姆一直受着师傅的气，他认为世上的事理所当然就是这样的，他将来也会这么活下去。当然，后来他知道自己这么想错了。

有一天，汤姆正在院子里，一个小马夫骑着马过来了。汤姆本来是打算用一块破砖头打那匹马的马腿的，这是那地方对待陌生人的风俗，可是马夫一眼看见了他。

那个人问："你好，你知道扫烟囱的葛林先生住哪儿吗？"

哎呀，原来是找师傅的！

汤姆赶快放下砖头，带他去见师傅。有生意来了，对主顾可得客客气气的，汤姆懂得这个道理。

"我是约翰·哈德夫爵爷府上的。我们那里原来扫烟囱的人被关进牢里去了，所以爵爷让你明天早晨去他那里扫烟囱。"说完他就骑上马走了，多一句话都没说。

汤姆很不喜欢这个小马夫，别看他穿得那么体面，从里到外都干干净净的，打了领带，领带上还别了一枚漂亮的别针，可这又有什么神气的？他不过是个伺候人的马夫，这些衣服都是别人买的。汤姆本想在他走时冲他的马腿来上一砖头，可转念一想，这个人是来谈生意的呀，又没有什么恶意，所以他又把砖头放下了。

"哈哈，真不错，又有了一个新主顾！"师傅走过来，一拳就把汤姆打倒在地上，"我们又能赚到很多钱了。"师傅就爱这样，不管是高兴还是生气，总是用拳头表达他的心情，受苦的却是可怜的汤姆。

第二天一早，汤姆就被师傅叫醒了。

"啪！"师傅又给了他一巴掌，"你今天要小心点儿，我们可是要去一个大户人家，要是哄得他们满意，好处可多着呢，你别给我惹祸！"

汤姆趴在地上点点头。其实师傅就是不打他，他也会老老实实的，他们去的可是哈德夫爵爷的府上啊！那里是世界上最了不起的地方，而且约翰·哈德夫爵爷是世界上最可怕的人，汤姆两次被关进监牢，都是被他送进去的。

他知道，哈德夫庄园大极了，有一片一眼望不到边的林子，养了许多鹿，还有山鸡。别人是不允许随便到那儿打猎的，那里方圆几英里都是爵爷的领地。他的权利可大了，每个星期都有一两个人要被他送到监牢里去。在那个地方，他说一不二，想怎么样就怎么样。人们都对他恭恭敬敬的，包括汤姆的师傅。每当约翰爵爷骑

马从城里经过时，师傅都要把手举到帽檐儿边上，给爵爷敬礼。

清晨三点钟的时候，汤姆迷迷糊糊地上路了。葛林先生骑着驴子走在前面，汤姆背着烟囱刷子跟在后面。穿过安静的大街，走过寂静的村子，通过路上的关卡，他们就来到乡下了。这儿跟城里可不大一样，没有挖煤机轰轰的嘶鸣声，有的是小鸟的叫声，花草树木、弯弯的小河都静静地没有声响，似乎睡着了，就等着太阳公公叫他们醒来。汤姆真想去摘几朵野花，爬到树上看看有没有鸟窝，可是他没敢说话——他知道师傅是不会答应他的。

走着走着，他们碰到了一个爱尔兰女人，她背着一个包袱，走得很疲倦的样子。看她的样子很穷，不过却很美丽，有一双明亮的眼睛，还有一头乌黑浓密的头发。

"嘿，这路太硬了，是不是？你那双可爱的小脚怎么受得了呀！快到我的驴子上来吧，坐在我的后面！"葛林冲那女子喊道，他的眼睛里有点儿不怀好意的神色。

"谢谢，我想和这个孩子一块儿走。"

"随你的便！"葛林叼着烟袋，气哼哼地说。

女人和汤姆并排走着，一边走一边和汤姆说话。

"你叫什么名字，孩子？"

"汤姆。"

"你的爸爸妈妈是做什么的呀？"

"我没有爸爸妈妈,我和师傅在一起,我会扫烟囱。"汤姆觉得自己从来没见过这么可亲的女人。

"你家在哪儿?"汤姆问她。

"我家在大海那边。"

"大海?大海是什么样的呢?"

"海的变化可大了。冬天,大海会在礁石上翻腾怒吼,脾气粗暴;到了夏天,它又变得平和冷静,任孩子们在它怀里嬉戏玩闹。"

汤姆听了,真想亲自到大海边去看看,或者在大海里游一游。

这时,一眼泉水出现在他们面前。水从一处岩洞里冲出来,泛着白色的水花,向下流去。

葛林跳下驴子,蹲在泉水边,把他的脑袋浸在水里,泉水一下子就脏了。

汤姆见师傅去洗脸,就跑到草地上采摘野花,那个爱尔兰女人还帮他扎了一个花环。

葛林洗了脸回来,汤姆看着他,有点惊异地说:

"师傅,我还没见过你洗脸呢!我也想洗一洗,一定很痛快!"

"你洗什么,你又没像我昨天喝了那么多酒!"

"让我洗洗吧!"汤姆说着,就径直跑到泉水边去了。

这下可把葛林惹恼了,他一边咒骂着,一边把汤姆从地上抓起来，劈头盖脸地就是一顿好打。

"你快住手，葛林！你不觉得可耻吗？"那女人喊道。

葛林听她居然叫出自己的名字，吃了一惊。可是他的手却没停下来，只是嘴里说：

"我不觉得！怎么样？"

"当然，如果你觉得，早就回到凡谷去了。"

"你知道凡谷？"葛林的手停住了。

"对，我知道凡谷，也知道你。还有两年前马丁节的夜里在赤汤泽发生的事，我也知道。"

葛林丢下了汤姆，跑到那女人面前。汤姆本来以为他会动手打那个女人，可是那女人一副不可侵犯的神情，葛林退缩了。

他骑上驴子，一边骂着许多难听的话，一边要走开。

"你站住！"爱尔兰女人说，"我还有一句话要对你们俩说，因为你们还会见到我的。那些想要清白的人，最终会得到清白；那些自甘堕落的人，将堕落到底。记住我的话吧！"说完，她转身走了。

葛林呆呆地站在那儿，等他反应过来去追那个女人时，女人早不见了踪影，好像突然间就消失了。葛林带着汤姆一路上闷声不响地走着，好像心事重重的样子。

哈德夫庄园到了，一个看园子的仆人领他们进去。

"你们要规矩些,别让我看到园子里少了些什么东西,我会查看的。"看园子的仆人叮嘱道。

"你好好看着吧,我没意见,看园子的是你嘛。"葛林笑着说。

汤姆很奇怪地看着他们一路上说说笑笑,他根本不知道,这些给大户人家干活儿的,在庄园里是看守东西,到了外面和小偷其实没什么两样,所以他才会和葛林这样的人谈得那么投机。

汤姆和他的师傅从一个小门走进屋去,女管家正在过道上等着他们呢。她一副高高在上的样子,说话也冷冰冰的,不停地告诫葛林要注意这个、注意那个。葛林一边点头答应,一边低声对汤姆说:"你记住了吗,小鬼头?"于是汤姆拼命把女管家的话往脑子里灌,可到底能记住多少,他就说不清了。

汤姆被带到一个房间里,房里的东西全用大张的牛皮纸盖着。汤姆站在入口处,被葛林先生从后面踢了一脚,哼唧了两声,就爬到烟囱里去了。

约翰爵爷家的房子是那种老式的乡间别墅,烟囱也和城里的烟囱不太一样,又大又宽,纵横地交错在一起,而且经过许多次改道,各处的烟囱曲曲折折地连着,像迷宫一样搞得人发晕。汤姆在里面一边扫一边爬,一边爬一边扫,最后弄得精疲力竭,自己都不知道扫到哪儿了。后来,他觉得干得差不多了,就顺着一条通道爬了出去。

当他重新站到屋子里时,他发现自己走错了房间。

他从前进过的上流人士的房间,看到的总是地毯卷了起来,窗帘取了下来,家具堆放在一起并且用块布盖着,墙上的画都是用桌布或抹布遮上的。汤姆时常想,这些房间布置好了供那些高贵的人们起居是什么样。现在他看见了,屋子里是精致考究的白色陈设:白窗帘、白帐子、白墙壁、白家具。他还看到一个漂亮的脸盆架和一个盛满清水的浴缸。看到那满满一下子水,汤姆心想,这屋里一定住着一个脏极了的人,否则才不需要这么多水洗脸呢。

他朝床上望了一眼,看见了那个他认为一定很脏很脏的人,这时他惊得大气都不敢喘。睡在雪白的被子下面,枕着雪白的枕头的,原来是一位极其美丽的小姑娘。这样美丽的小姑娘,汤姆还从来没有见过。她的两颊就和枕头一样白,头发就像金丝,在床上散成一片。她的年龄大致和汤姆一样大,也许大一两岁,可是汤姆心里并没有想到这些。他只想到她的嫩皮肤和金黄的头发,弄不明白她到底是个真正的活人,还是他在店里看见的那种蜡娃娃。可是当他听见她的呼吸时,他就断定她是个活人。汤姆站在炉毯上呆望着,心想:她可真像个仙女啊!她永远都不会变脏的。

就在这时,汤姆忽然看见另一个孩子在不远处站着,他浑身

012 水孩子

漆黑，衣服破烂，咧着嘴露出一口白牙，在冲自己傻笑。他到这么干净的房子里来干什么？汤姆扭过身，生气地盯着他。谁知那个孩子也扭过身，脸上的表情同样变化着。啊哈！原来那人就是镜子里的汤姆呀。

汤姆有生以来第一次看到自己竟然有这么脏，他羞愧万分，眼泪忍不住流了出来。他不能再待在这么雪白干净的屋子里了，于是他转过身打算从烟囱里再爬出去。

"咣当！"他把什么东西撞倒了——是摆弄炉火时用的火棒。床上的小姑娘被惊醒了，她看见一个又黑又丑的孩子在她的房间里站着，吓得惊叫起来。

"怎么啦？怎么啦？"一个身材高大的保姆从隔壁房间跑过来，一见到汤姆，以为他是个偷东西的贼，一把就抓住了他的脏衣服。

汤姆害怕极了，他可不想被人捉住。所以在那位显得有点笨拙的老太太的胳膊底下，他左扭右挣，很快就脱了身。然后他飞快地穿过房间，来到窗前。窗前有一棵高大的木兰树，开满了又白又香的花。汤姆见到这棵树，就像见了救星一样，一下子从窗口跳到树上，然后像猫一样灵活地溜下去，跑过花园中的草地，跳过栅栏，向远处的树林跑去。

"抓贼呀！救命啊！"那个保姆在窗口大声叫喊起来。

花园里，一个小花匠正在割草，听到喊叫声，又看到汤姆在拼命地跑，他立刻扔下镰刀追起来，连镰刀割破了他的腿都没有察觉，后来他为这条受伤的腿在床上躺了整整一个星期。挤牛奶的女佣人、马房里的马夫，他们听到喊叫声，也都跑出来加入了追赶汤姆的行列。汤姆的师傅葛林，此时正心满意足地待在院子里，盘算着怎么在这个大庄园里捞点好处呢，可是吵嚷声打断了他的好心情，他看见汤姆正慌慌张张地在庄园里跑着，有几个人从四面跑来追赶他。

"该死的，他一定是给我惹祸了！"葛林跳起来，他的脚踢翻了装烟灰的口袋，院子里顿时黑烟弥漫。可是葛林顾不得了，急忙跑出去，院子里留下一串黑黑的脚印子。

约翰爵爷此时正在书房里，听到外面乱哄哄的叫喊声，他就从书房的窗口向外看去。在他楼上的窗口，保姆仍然大叫个不停，爵爷仰起头来，想问问老保姆到底出了什么事情，可是真不巧，木兰树上一只貂鼠就在这时拉了几粒屎，不偏不倚正掉在爵爷眼睛上。尽管如此，约翰爵爷一听说有贼，还是忍着痛从书房里跑出来去捉贼。

庄园里简直热闹极了，上至爵爷，下至马夫、花匠，对了，还有那个刚刚来到庄园的爱尔兰女人，都奔跑着去追赶汤姆。他们大概认为，汤姆至少偷走了价值一千镑的首饰，所以原先的那种

矜持、体面全不要了，他们又叫又嚷，闹得整个哈德夫府就像个戏园子。

此时的汤姆，就像一个被众多猎人围追堵截的猎物，拼命要逃脱出去。他光着脚，在庄园里不停地奔跑着。说起跑路，汤姆一点儿都不怕。以前，为了一个铜子儿或是一段香烟头，他能跟着邮政马车跑上两里地，一点儿都不觉得累。所以现在为了躲开这群人的追赶，他跑得更欢了，那些人要抓住他可没那么容易！

汤姆终于跑进了树林。他以前从来没到树林里来过，但凭直觉，他认为在树林里要比在庄园的空地上躲起来更容易。可是树林里却比平坦的草地难走多了。他跑进一片密密的杜鹃树丛中，立刻就被困在里面，横七竖八的枝条一会儿钩着他的腿，一会儿刮住他的衣襟，一会儿碰到他的脸。等他好不容易从树丛里爬出来，湿滑的草地又让他跌了一跤，他的手指头都被划破了。

"我可怎么办呀？我一定得逃出去，不能让他们捉住！"他不知道该怎么走，低着头东奔西撞，像个无头苍蝇似的乱跑一气。

"咚！"他的头撞到一堵墙上，一块石头的尖角碰到汤姆的鼻子上，把他撞得天旋地转，眼前迸出无数颗小星星。汤姆痛极了。可是这个可怜的孩子又是这样的勇敢。他忍着痛，望着这堵高墙，猜想墙的另一边一定不会是森林了，他再也不用东奔西撞地乱跑了，于是他就攀上墙头翻了过去。

高墙的另一侧是一大片丘陵地，在乡下，人们都叫它哈德夫陵。汤姆一翻过墙头，就沿着墙根向右奔去。

约翰爵爷、花匠、管家这一群人根本没想到汤姆会翻过墙去，他们在墙里面一路叫嚷着向相反的方向追赶过去，这样就离汤姆越来越远了。听到喊叫声渐渐远去，汤姆知道自己安全了，他忍不住吃吃地笑起来。接着，他就不再用那面墙作掩护，而是向丘陵地走过去。可是有一个人一直清楚汤姆的去向，这个人没有随着众人朝着错误的方向走，她悄悄地跟汤姆翻过围墙，汤姆走到哪儿，她就跟到哪儿——这个人就是汤姆在路上碰到的那个爱尔兰女人。她始终轻快而优雅地走着，你看不出她有多匆忙，却一直没有落在后面。

没有人在后面追赶，汤姆不像从前那样害怕了，他放慢了脚步，留心起周围的景色来。

对汤姆来说，他看到的一切都是陌生而又新鲜的。有一些大蜘蛛，背上长着花纹，一看见汤姆，就飞快地跑了。有一只母狐狸带着它的几个孩子在远处玩耍，母狐狸四脚朝天躺在地上，任几个孩子在它身上蹦来蹦去，拖它的尾巴，咬它的爪子，它一点儿都不恼。

"扑棱棱！"有什么东西从汤姆脸上飞掠过去，吓得汤姆立即闭紧了眼睛，他以为有什么东西要爆炸了。

等他睁开眼一看,噢,原来是一只松鸡!它原本钻在沙土里休息,突然被汤姆踩了一脚,所以像个受了惊吓的胆小鬼一样,跳起来逃跑了。

"咕噜噜——咕噜噜",它的叫声好像在说:"不得了啦,有人抢东西了,世界要毁灭啦!"可是世界还是好好的,一切都在正常运转。过了一会儿,这只松鸡就安心地踱回来,回到它的妻子和孩子们身边去了。

汤姆欢欢喜喜地走着,眼睛像不够用似的东瞧瞧西看看。他走过松软的草地、细细的沙地,又爬上石灰岩堆积而成的山坡,在一块块石子间跳过。就这样走啊走,脚底板走疼了,腿跌痛了,他还是没有停下来。

那个爱尔兰女人一直跟在汤姆的身后,如果汤姆知道有人跟着他,早该吓坏了吧?可是汤姆对此却毫无觉察,也许是因为他很少回头;也许是这个爱尔兰女人很机敏,总是巧妙地躲在岩石和树丛后面,反正走了这么长的路,她一直没有被汤姆发现。

现在汤姆觉得有点饿了,而且口渴得厉害。他跑了很长的一段路,这时太阳已经在天上升得高高的,那些岩石热得就像铁锅一样,石头上面的空气都打着旋儿,就像石灰窑上面的空气那样打着旋儿,使周围的东西望上去都在动荡溶解。可是他能看出没有一个地方有东西吃,更没有水喝。树林里到处长满了越橘树和浆果树，可是现在是六月里，树还开着花，离结果子还早着呢。至于找水喝，谁能在石头和岩缝里找到水呢？

路上有一处黑漆漆的石洞，汤姆钻了进去，感觉像是又钻进了烟囱里面。他听到山崖下面传来叮叮咚咚的水声，可是他不敢下去，那有好几丈深呢！虽然他是个勇敢的孩子，但这么深这么险的"黑烟囱"他可不敢爬。

终于爬出石洞，来到山顶了。汤姆站在那儿向四下眺望，忍不住叫起来："哎呀，世界怎么这么大呀！"

可不是嘛！在他身后，哈德夫庄园就像个沉睡的孩子，静静地卧在山脚下。在他的左边，是城市和煤矿上那些冒烟的烟囱。更远处，宽阔的河正向大海流去，河面上有许多白点点——那是船。在他前面是一片大平原，上面有农场和村庄，夹在一丛丛深暗的树木中间，望上去就像一张铺开的地图。这些全像在他的脚下一样。可是汤姆一点儿都不傻，看得出这些都远在几十英里外。在他的右面是重重叠叠的沼泽和山丘，山色越远越淡，最后变成一片青色，和青天连接在一起。汤姆的眼睛露出欢喜的神色，他看到了一条清澈的小溪，就在深绿色的山谷下面！

他还看到了溪边的一间小屋和小屋前面的一座花园。有什么东西在花园里动？汤姆眨了眨眼睛，原来是一个穿红裙子的女人！可从山顶上看，她才那么小，就像是一只小蜜蜂。

"当——当——当"教堂的钟声响起来了。汤姆想:这么说下面一定有一个村庄,我可以到村子里去,没人知道我是谁,他们还会给我一点儿吃的,我大概五分钟以后就能到了。

虽然汤姆又饿又渴,两脚酸痛,可他依然坚持着走了下去。教堂的钟声在他听来像是最亲切的召唤,谷底的溪水也诱惑着他,于是他鼓足了气力向山脚奔去。

水中的汤姆
— SHUIZHONG DE TANGMU —

汤姆的估算完全错了,根本不是五分钟就能到达那个村庄!

虽然从山顶上望去,那个小村子不过就一英里那么远,可别忘了,汤姆是站在山顶上,那个地方在他一千英尺以下的谷底呢。

汤姆走过一段石子儿路,又爬上一个陡坡,来到一处长满青草和野花的山坡上。这里很美,可是汤姆却无心停留,又接着走下去。他跳过几个大山石,爬过一段石灰石山丘,从一处又陡又峭的草坡上滑下去,钻过一条又窄又暗的狭缝,最后来到了一处树木茂盛的矮林里。在那里,汤姆可以看到那条闪闪发光的小溪,听到溪水流过鹅卵石所发出淙淙的声音,他不知道,这一切仍然在三百英尺以下的地方呢。

小溪给了汤姆鼓舞,他这时已经精疲力竭了。你想想吧,一个这么小的孩子,扫了一早晨的烟囱,被人追赶着又惊又怕,现在又走了这么远的路,再加上饥渴交加,换了大人都受不了的。可是汤姆毫无办法,他只能咬着牙走下去。爬过岩石堆砌的小山坡,钻过小树丛，汤姆像只小猴子一样，手脚并用。太阳火辣辣地照在他的身上，汗水集成了一条一条的线淌下来，汤姆被自己的汗水洗得很干净，从未有过的干净。可是汤姆走过的路却被他弄脏了，他身后是一串黑黑的污迹，那些原来鲜艳漂亮的花，这会儿都成了黑面孔了——还不是让汤姆身上的汗水染的！

他一直没有发现，那个爱尔兰女人始终跟着他往下走。

他终于走到谷底了。可是再一看这还不是谷底。这里有一堆一堆坠落下来的石灰石，石头之间的洞穴里长者芬芳的蕨草。汤姆还没有完全从石堆中间穿过，忽然又见到明晃晃的太阳，他的精神一下子垮了。

男孩子们，你的这一生如果要像一个男子汉那样度过，不管你怎样的强壮健康，你都得准备好在一生中有几次被击垮的时候。而且在那一刻，你会发现你的心情是非常颓丧的。我希望当你碰到这一天时，能有一个坚强的、忠实的、可以依靠的朋友在你身边。因为如果没有的话，你就会像可怜的汤姆一样，唯一的办法就是躺在原来的地方，等待机会。

汤姆现在就是这样。他倒在地上，觉得身上一点儿气力都没有了，一动不动。其实他和那个小村庄中间，只隔了一块草场，可是在汤姆眼里，那小村庄好像在一百英里以外。他躺在草地上，直到有几只小甲虫爬到他身上，在他的脸上爬个不停，他才醒过来。于是他站起来，双腿发软，一步一步挨到一间房子的门口。

那是一座整洁精致的村舍，园子四周都是水松的篱笆，修剪得很齐整。园子里面也种有水松，剪成了孔雀、长喇叭、茶壶和各种怪模怪样的造型。从敞开的门内传来一阵像青蛙一样的叫声。

汤姆从门口向里张望着，心里有点儿害怕。

一个慈祥的老奶奶坐在屋中间，穿着一条紫色的裙子。她的对面坐着十来个小孩子，正跟着老奶奶学字母，叽叽喳喳吵闹个不停。原来，这是一所小学校。

"咕——咕——咕！"汤姆一出现，屋里的那只鹧鸪钟就叫了起来，吓了汤姆一跳，他"咕咚"一下就坐到了地上。

屋子里的孩子们都朝汤姆看过来。女孩子们一看见又脏又黑、蓬头垢面的汤姆，吓得哭起来。男孩子们倒没哭，他们用手指着汤姆，哈哈大笑，一边笑一边叫："快看，黑猴子！"

"你是谁？你要干什么？"老奶奶说着，朝门口走过来。

她看清汤姆黑乎乎的样子，有些不高兴地说："原来是扫烟囱的呀！我这里不需要扫烟囱，你快走吧！"

"水，水。"汤姆有气无力地从嘴里吐出这两个字。

"屋后面有水。"

"我去不了啊，我要死了。"汤姆再也支撑不住了，头抵在篱笆墙上。

老奶奶吃惊地看着汤姆:"哎哟,这个孩子病了。病得还不轻哩!"

"水……"汤姆喃喃地说道。

"好了好了,"老奶奶颤颤巍巍地扭身走到房里去,不一会儿,拿了一块面包和一杯牛奶走了出来,"快喝下去,牛奶可比水强多了。"

汤姆端过牛奶,一口气喝光了。他抬起头来看了看老奶奶,感觉有些力气了。

"你从哪儿来?"老奶奶问。

"从山那边。"汤姆用手朝远处的山指了指。

"是从哈德夫那儿跑过来的?"老奶奶脸上充满了惊讶的表情,"你该不是撒谎吧!走了那么远的路,又翻过卢斯威特岩下来?"

"我没说谎。"汤姆感到又累又乏。

"你怎么爬得上去呢?"老奶奶还是不太相信。

"我是从哈德夫庄园跑出来的。"汤姆疲倦极了,他根本没力气辩解,也没精神思前想后,所以就断断续续把事情的经过说了一遍。

"我的天,有那么多人追你!你真的没偷什么东西?"

"我没有。"

"我的上帝,让我相信这孩子吧!大概他说的是实话,他是清白的,所以上帝才给他指引了一条路,让他离开哈德夫府,一路跑过来,居然没有迷路!"她看了看汤姆,关切地说,"孩子,你怎么不吃面包?"

"我吃不下。"

"这是我亲手做的,香着呢,你吃吧。"

"我真的吃不下。"汤姆的头垂在膝盖上,快抬不起来了。"今天是礼拜日吗?"他又问。

"不是呀!孩子,你怎么这么说?"

"我路上听到了教堂的钟声。"

"天!这孩子一定是病糊涂了。快点儿跟我来吧,我找个地方让你歇一歇。上这儿来吧!"

汤姆已经没力气站起来了,所以老奶奶扶着他来到一个草棚里,她在干草堆上铺了一条柔软的毯子,让他睡下。"孩子,你要是再干净点儿,我就让你睡到我的床上去了。现在你好好睡一觉吧,等我给那群孩子上完课,我就回来看你。"说完老奶奶转身回屋子里去了。

又累又困的汤姆却没有入睡,他感到浑身燥热,翻来覆去,就是睡不着。昏昏沉沉之中,他似乎听到了那个漂亮的金发小女孩的喊叫声,又好像见到了那个爱尔兰女人,她神神秘秘地说:

"那些想要清白的，最终会得到清白的。"过了不久，他又听到教堂的钟声。他心里想，今天一定是礼拜日，不然教堂的钟声怎么会这么响亮。我一定要去教堂看看，我还没去过教堂，没做过礼拜呢。可是身上这么脏是不能去教堂的，于是在半梦半醒之中，他大声说："我要把自己洗干净，我要洗得干干净净的。"

汤姆就这样站起来了，忽然间，他来到一片草场中间，面对着一条小河。他自己也不知道是怎么来的，反正他一步一步走到河边，在软软的青草地上趴下。清澈的河水里映出汤姆那张黑黝黝的脸，水里的鱼都被吓跑了。汤姆有点儿不好意思，他把手浸到水里，说："我真想变成一条鱼呀，我要到水里去游泳，把自己洗得干干净净。"

说完他就急急忙忙脱下了衣服。那身衣服早就破烂得不成样子了，他一使劲儿，衣服就被扯破了。汤姆把衣服扔在河边，迫不及待地把脚伸到水里去。他越往水里走，感觉教堂的钟声就越响。

"我得快点儿洗干净，不然教堂的门就会关上了。"其实汤姆错了，在做礼拜时，教堂是不关门的，谁都可以进去。

这时，那个始终跟随着汤姆的爱尔兰女人已经进到水里了。她的披巾在水中漂动，莲花漂过来缠在她的头上，水草游过来缠绕在她腰间，水中的仙女们也围到她的身边，簇拥着她向水底走去。

原来，她是这些水中仙女的主人，是水中的仙后。

"你到哪里去啦？"仙女们问。

"我为病人送去甜美的梦，我让吵架的夫妻和好如初，我让玩耍的小孩子们离开危险的池塘，我尽自己的力量去帮助别人。我还给你们带来一个小弟弟，我是跟着他回到这里的。"

"小弟弟！在哪儿呢？"仙女们兴奋地问，她们都很开心有一个小弟弟。

"别让他看到你们，否则他会害怕的。不过你们要暗中保护他，别让他受伤害。"

"哎呀，我们不能和这个小弟弟玩儿呀！"仙女们有些闷闷不乐，不过她们都很听话，不会违背仙后意旨的。

此时汤姆已经钻进了水中。一进到水里，他就沉沉地睡过去了。真的，这是他长这么大以来，第一次睡得如此香甜、畅快。在睡梦中，他又一次见到了他走过的草地、树木，他在梦里还嘻嘻嘻地笑出了声。

汤姆怎么会在水中睡觉呢？理由很简单，其实只是因为那些仙女把他留下来罢了。

有些人认为仙女是不存在的。但是，这是个广阔的世界，有的是地方给仙人藏身而不让人们看见，当然，除非人们找的地方对头，那就又当别论。要知道，世界上最神奇和最强大的恰恰就是那些没有人看得见的东西。你体内有生命，是生命使你成长、行动和思索，然而你却看不见它。还有，蒸汽机里有蒸气，使机器能够走动的就是蒸气，但是你看不见它。所以世界上很可能有仙人，正应了那首老歌："使这世界转动的是爱啊，爱啊，爱。"

推动世界运转的，很可能就是那些仙人，不过只有某些人才能够看见他们。不管怎样，让我们假装在这个世界上，是有仙人的。我们有时得假装一下，这也不是第一次了，因为这是童话，如果没有仙人，这童话怎么写得下去呢？

我们就先让汤姆美美地睡上一觉，回过头再看看那位好心的老奶奶吧。中午放学之后，她就急急忙忙到小草屋来看汤姆，可是却连个影子都没找到，地上也没有他的足迹。

"他一定是对我撒了谎！"老奶奶生气地想，"先假装生病，再偷偷跑掉。"

可是到了第二天，她就不这么想了。

第二天上午，一群人骑马来到她的这所小学校。孩子们都跑出来看热闹，老奶奶也出来了。她看到是约翰爵爷和他的随从，就恭敬地向爵爷行了个礼。原来爵爷是她的房东。

"你好吗，太太？"爵爷问道。

"我很好，欢迎您光临！怎么，您在夏天也出来打狐狸吗？秋天才是好季节呢。"

"我是在打猎，不过要打的东西很特别。"

"是什么呀？我看您忧心忡忡的。"

"我们在找一个扫烟囱的小孩儿，他从我那儿逃了出来。"

"啊，尊敬的爵爷！如果我告诉您我知道这孩子在哪里，您会饶过他吗？"

"饶过他？不，您误会了！他没犯什么错，我们找他只是怕他出什么事，你知道他在哪儿吗？"

奇怪！爵爷的态度怎么变了？

原来头一天爵爷和下面的仆人追赶汤姆，跑得上气不接下气，最终也不见汤姆的踪影，只好回去了。那副样子别提多傻了。当约翰爵爷听到老保姆的一番话后，他们的样子就更傻了。后来那穿白衣服的小姑娘爱丽小姐把全部情形说出来之后，他们就全傻了。她说，她看见的只是一个可怜的黧黑的扫烟囱小孩儿，一面哭，一面抽噎着准备重回到烟囱里去。当然，她吓得非常厉害，这也难怪。事情仅仅就是如此。房间里的东西一件也没有拿。从那孩子一双煤污小脚的脚印可以看出，这孩子在老保姆来到之前，就没有离开炉毯一步。这完全是误会。

于是，约翰爵爷就叫葛林回去，并且许诺，如果他肯把这孩子好好带来对证一下，一点儿也不打他，还赏他五个先令。依照约翰爵爷以及葛林的想法，汤姆一定是溜回家去了。

可是那天晚上,汤姆并没有回到葛林先生家里。葛林只好上警察局去,请警察打听汤姆的下落。但是他们到处都打听不到。至于汤姆已经跑过那些大沼泽到了凡谷那边,那就跟汤姆跑到月亮上去一样,是他们做梦也想不到的。

约翰爵爷在那一天晚上失眠了,他对夫人说:"我猜那孩子一定跑到丘陵地那边去了,他一定迷了路。如果他出了什么事儿,我会很内疚的。"

于是,第二天一早,爵爷就穿上打猎的衣服,叫上仆从,带上那条足有一头小牛大的猎狗,出发寻找汤姆去了。大猎狗带着他们来到那堵墙边,他们把墙推倒了一处,骑马跨过去。接下来,猎狗又引着他们走过那片丘陵,爬上山顶,在山顶狂叫不止。爵爷简直不敢相信一个孩子会走这么远,而且会从这么陡的岩石上爬下去。他们当然没有顺着汤姆走过的路跟下去,那在他们看来太危险了,于是他们从别的路绕了过去,兜了一个大圈子,才来到老奶奶住的那个村子——凡谷。

老奶奶把她知道的事情都告诉了爵爷:"他不见了!我回来就再没看见他,这个可怜的孩子。"老奶奶说。

"让猎狗去找他。"爵爷说,"快,快去!"

那条狗立即找了起来。它把大家带到小河边,在那里,他们看到了汤姆扔下的那堆破衣服。爵爷说:"这个孩子一定是出事

了。"他的心情很沉重。

"老爷，您看，水里有个黑东西！"一个仆人指着远处水里一团黑乎乎的东西说。大家七嘴八舌，认为那就是汤姆的尸体，由此断定他一定是淹死了。

那么，汤姆呢？

当他一觉醒来，惊异地发现自己居然在水中快活地游着，他的身体只有四英寸长，而且在喉咙两边长了一对像花边一样的外鳍，就像翅膀一样扇来扇去，他浑身上下干干净净的，在水中感到无比自在、无比畅快。

原来，水中的仙女已经把汤姆变成了一个水孩子。

可是爵爷、管园子的、马夫他们却上了一个大当。他们看见水里面有一个黑东西，就说那是汤姆的身体，他们相信汤姆已经淹死了，所以一个个心里有种说不出来的难受。

可是他们完全错了，汤姆还好好地活着，而且从来没有那样干净过、快活过。那些仙女在急流里把他洗得非常干净，不但把汤姆身上的肮脏洗掉了，连他的脏腑也给洗过了。这样，真正的汤姆就从里面洗了出来，并且游走了。他就像那些蜉蝣的幼虫一样，先用石头和丝做了一个茧，然后在茧上钻了一个洞，自己钻了出来，仰着面游到河边，在河边把自己的外壳挣裂，就变成蜉蝣，有四只褐黄色的翅膀，长腿长脚。蜉蝣都是些傻瓜，人家夜晚开着门，它们就会向蜡烛扑去。现在汤姆安安稳稳脱掉他满是煤灰的旧外壳，我们希望他要比蜉蝣聪明些。

可是由于爵爷弄不明白这一切，就以为汤姆已经淹死了。他们翻了一下汤姆衣服的口袋，发现口袋里面既没有首饰，也没有钱，除了三颗大粒石子儿，和一个上面系了一根线铜纽扣，什么都没有。这一来可把爵爷弄哭了，哭得从来没有那样伤心过。

他这一哭，小马夫也哭了，管猎狗的人也哭了，老婆婆也哭了，老保姆也哭了，爵爷太太也哭了。可是那个管园子的，虽然他头一天早上对汤姆那么温和，却没有哭出来，因为他追赶那些偷猎的人已经追得筋疲力尽，要想他流出一滴眼泪，简直就跟从一块牛皮里挤牛奶那么难。葛林也没有哭，因为约翰爵爷给了他十镑钱，他正沉浸在意外的欢喜里，不过这些钱他在一个星期内全用来喝酒喝光了。

爵爷随即派人四处去找汤姆的父母，可是恐怕就算等到世界末日他也还是找不到。

那个小姑娘整整一个礼拜都不肯玩儿她的玩偶，因为她心里永远忘记不了汤姆。

在凡谷那个小墓园里，就在许多石灰岩之间，很多老年的居民都一个挨着一个，被埋葬在那里。不久，爵爷夫人在这块埋葬汤姆躯壳的地方立了一个美丽的小墓碑。那个老婆婆每个星期日都要给这座墓碑挂上花圈,一直到她老得不能出去时,才由那些小孩子替她挂上。

鲑 鱼
— GUIYU —

现在的汤姆是什么样呢?

他既能在陆地上生活,也可以在水中生活。虽然身上什么都不穿,可是他觉得很舒服,觉得这是自然而然的事,没什么可害羞的。他自从成为一个水孩子,就像是重新获得一次生命一样,这个世界上的一切对他来说都是崭新的,从前的生活他全都忘记了。

他忘记了从前的苦难,忘了受过师傅的责打,忘了曾被逼着在黑烟囱里爬来爬去,忘了曾忍饥挨饿。其实,自从他在水中一觉醒来,他把师傅葛林、哈德夫庄园,还有那个洁白的小姑娘全都忘了。生命对他来说是全新的,他的生活——不,应该说是新生活,才刚刚开始。

他每天在水里游来游去,非常悠闲自在。也许是因为从前做烟囱工的生活太辛苦了吧,在水里他获得了一种补偿,每天的生活都像是度假。水那么温暖,阳光透过清澈的水面照进来,既不刺眼又不炽热。水在身上轻软地滑过,像无数双手在轻轻地抚摸

水孩子

着自己，那感觉真是惬意呀！

饿了，汤姆就会吃点儿东西，水里的好东西也多着呢，尽可以随汤姆去挑。有时，汤姆也会沉到水底，走在细软的沙路上，看看在石头里钻来钻去的小虾小蟹；看看活动着的蚌上拖着厚壳，挪动着笨笨的脚步。他有时还会到幽静的深潭里去，去所谓的水森林里。那些水森林其实就是一些水草，可是在变小了的汤姆眼里，它们已经像森林那样宽广和高大了。

在这片水森林里，汤姆还看见了水猴子和水松鼠，在树枝中间行动非常敏捷。那里还开放着成千上万朵的水花。汤姆原打算摘些花，可是手才碰上去，那些花立刻就缩成一块肉冻。汤姆这才看出来，这些花全都是活的：有的像铃铛，有的像星星，有的像轮盘，有各种美丽的形状和颜色，而且跟汤姆一样，全都很忙。汤姆这时才发现，世界上形形色色的东西都比他初看上去要多得多。

渐渐地，汤姆熟悉了他生活的水中世界，他那男孩子的顽皮天性也就日渐显露出来。在水中，他开始干起淘气的勾当，捕捉小鱼小虾，戏弄水里的动物，拿其他的小生灵取乐，甚至拿石子儿打它们，把它们追得东躲西藏。渐渐地，这些水中小生灵都害怕他了，一见到他要么就躲得远远的，要么就爬进自己坚硬的外壳里去。汤姆开始感到孤独了。

有一天，汤姆看到一只蜉蝣的幼虫，就又冒出了一个鬼主意。他见这只蜉蝣用丝为自己造了一个房子，自己躲在里面，这可让他兴致大增。

"我还从没看见过蜉蝣把自己关到大门里的呢。"他一把把房子的大门拉开了，伸着脑袋往里面张望。那门是用丝一点一点编织成的，上面还缀了许多晶莹的玉石，被汤姆用力一拉，门被扯得歪歪扭扭变了形，玉石也七零八落掉了一地。蜉蝣的幼虫吃惊地向外望，它的头正在蜕变，嘴巴被紧紧包着，头上戴着一顶新睡帽。

"嘿，你怎么躲在房子里不出来？"汤姆大声问。

幼虫又惊又恼地望着他，却没有说话。

旁边的几只幼虫说话了："你真讨厌，又来捉弄人！它在屋子里是准备蜕变长大的，需要待上两个星期，然后就会拥有美丽的翅膀，可以到处飞翔。现在你把它的门弄坏了，它再也不能蜕变了，等待它的只能是死亡！你为什么要打扰我们的生活，到处捣乱？"

汤姆一听，知道自己惹了祸，心里有些难过，就低着头不声不响地游走了。

可是没过多久，汤姆就把这事儿给忘了，他又开始捉弄起别的对象来。在一个小池塘，一群小鳟鱼正快活地在水里游着，汤姆伸手就去捉，可是小鳟鱼从他手指间滑走了。汤姆继续对小鱼

穷追不舍，搅得池塘水花飞溅。当他追到池塘里一块大烂树根前面时，突然，从树根后冲出一条又大又凶的老鳟鱼来，个头足有汤姆的十倍那么大。汤姆见这条大鱼气势汹汹地朝自己扑来，吓得魂都要散了，急忙逃之夭夭。

"哎，真倒霉！"汤姆垂头丧气的。他看见河底有一个又丑又脏的家伙坐在那儿，便撇了撇嘴，说：

"你真是个丑八怪！"

那个丑家伙有汤姆一半大小，长着六条腿，一个大大的肚子，长长的脖子，还有一张像驴子一样的脸。汤姆认为这个家伙太可笑了，所以冲着它直做鬼脸，还把脸贴近它，嘻嘻直乐。

"啪！"那个丑家伙突然伸出带有钳子的手臂，夹住了汤姆的鼻子，虽然不太疼，却夹得死死的。

"哎哟，快放开！"

"你要是不惹我，我就放开你！我需要安静，我要裂开了。"

"好吧好吧，我不再惹你了！"

那个丑家伙听了这话，就把汤姆放开了。汤姆揉了揉不太好受的鼻子，看着这个怪模怪样的家伙，忍不住问：

"你为什么要裂开呀？"

"我的哥哥姐姐们全都变了，变成了会飞的、有翅膀的，所以我也要裂开！"

正说着,它的身子忽地一下子鼓涨起来,身体变得非常坚硬,随着一阵噼噼啪啪的声音,它的脊背撕裂开,连头也跟着撕裂了。

奇迹发生了。一个苗条、柔软又漂亮的躯干从原来的身体中剥离出来,那躯干又苍白又光滑,还很柔弱。它抖动着腿像是在试探着走路似的,既羞怯又显得小心翼翼,然后它就慢慢地从水底向上升,渐渐爬到水面上。

汤姆吃惊地看着,真有点儿不敢相信这一切。

那个家伙在阳光下停留了一会儿,就像突然被施了魔法一样,一种奇妙的变化开始了。它变得坚硬和强壮起来,它的身上显出最漂亮的颜色,蓝色、黄色、黑色,有斑点,有条纹。它的背上长出了四只透明的褐色翅膀,大大的。它的眼睛大得把头都占满了,在阳光的照耀下,就像上千颗钻石一样闪闪发光。

"你真漂亮!"汤姆忍不住想伸手去捉它。

"扑棱棱!"那小东西张开翅膀飞起来,在空中盘旋。

"你抓不到我的。我现在是蜻蜓了,我可以飞,可以在河面上捉蚊子吃,可以在阳光下跳舞,过自在的生活!"正说着,一只蚊子飞过来,蜻蜓冲过去,毫不费力地就把它吞下去了。

"你快回来,蜻蜓!快来跟我玩儿!"汤姆在水中叫起来,"我太没意思了,你千万别走,快来和我玩儿吧,我保证不会抓你。"

"我才不管你的保证呢,"蜻蜓不屑一顾地说,"你根本就捉不到我的。我有翅膀,可以飞得高高的。不过,你别失望,我想把这个地方好好地看一看,等我看完了,就回来和你聊聊,把我看到的事情跟你说说。啊——这世界真美呀,我得赶快去游览一番,有什么事等我回来再说吧!"

蜻蜓自顾自地飞走了,汤姆觉得很寂寞。水里的小鱼小虾们都不愿意搭理他,他只能孤零零地一个人玩儿。还好,那只蜻蜓还算守信,它游历了一圈之后,就回来了。

"这个世界好大!"它对水孩子汤姆谈着它的感受,"我在树林里停了好一会儿,那里有许多小鸟,在啾啾地鸣唱。它们和我一样,长着可以飞翔的翅膀,还有一个长着长尾巴的家伙,它们叫它松鼠。哎哟,那尾巴好像一把大刷子!"

蜻蜓滔滔不绝地说着,汤姆津津有味地听着。蜻蜓告诉他,它还到了绿油油的草地上去,认识了蜜蜂、蝴蝶这些新朋友,"它们都有翅膀,可是谁都没有我这样修长的身体,这样柔软的身段。"蜻蜓自负地说。

汤姆觉得蜻蜓讲的这些都很新鲜,什么蝴蝶、松鼠、小鸟,他都想去看一看。因为他已经把这一切都忘了。汤姆成了蜻蜓最好的听众,他们很快成了好朋友。

渐渐地,汤姆懂得该如何友好地对待那些水中的生灵了,

"它们都挺不错的,我不该总是追逐、捉弄它们。"汤姆心里想。那些蜉蝣的幼虫开始和他交朋友,给他讲些稀奇古怪的事情,讲它们怎么造房子啦,怎么蜕变啦,怎么长出翅膀变成飞虫啦,说得汤姆心里直痒痒,真想自己也能长出一对翅膀来。

那些鳟鱼也和汤姆和好了。他们有时会在一起玩捉迷藏的游戏,汤姆想学鳟鱼的样子腾空跃出水面,可每次都笨笨地跌进水里。所以他后来就安静地待在水里,看他的鳟鱼朋友跳起来捉水面的飞虫吃。如果赶得巧,汤姆也能捉到几只落水的小飞蛾或是小虫子,他全都送给了他的鳟鱼朋友。这个时候,他才体会到交朋友是多么大的乐趣。

有一天,汤姆遇到了一件新奇的事情。

他正坐在一片莲花的叶子上和他的好朋友蜻蜓唠家常,忽然,从河的上游传来一阵阵嘈杂的声音,那声音听起来简直像一群鸡、鸭、猫、狗混在一起打架。

"我们去看看!"汤姆向上游游去,蜻蜓也跟了过去。

他看见一个大圆球从远处滚过来,一会儿好像分成了几个小的,一会儿又聚成了一个大的,它的颜色发暗,还闪着光。

游近一看,哈——原来是一群水獭。它们身体巨大,皮毛光滑,正一边在水里游,一边互相打闹嬉戏。

其中最大的那只水獭看见了汤姆,马上冲着其他的同类叫起来:"太好了,孩子们,我们有食物吃了!"它的眼里露出凶光,向汤姆一步步逼近。

汤姆本来看着这群水獭,心里挺喜欢的,突然间这帮家伙发起威来,汤姆不高兴了:"你们白长了那么好的样子,原来是一群坏家伙!"他一转身,躲到了睡莲的根里,在里面冲着水獭做鬼脸。尽管这不大礼貌,可是请原谅小汤姆吧,他还小呢。

"你根本就不好吃。"水獭拿他没办法,只好自我解嘲地说,"走吧,孩子们!我们才懒得理他呢,这只讨厌的水蜥,连最最没身份的梭鱼都不爱吃他。"

"我不是水蜥!"汤姆叫道,"水蜥有尾巴!"

"你就是水蜥!我一眼就看出来了,而且你还有尾巴,我知道。"

"那好吧,你看吧!"汤姆扭过身,露出了他光滑的小屁股,"你说,尾巴在哪儿?"

"说你是水蜥你就是!"老水獭要给自己找台阶下,"你不配成为我们的食物,留着给那些鲑鱼吧!让鲑鱼吃掉你,然后我们再吃掉鲑鱼。"说着它就阴险地笑起来。

"鲑鱼是什么呀?"

"你连鲑鱼都不知道?真是个没教养的水蜥。"水獭傲慢地说,"鲑鱼是非常好吃的,它是鱼中之王。而我们比鲑鱼还要高贵！我们会把鲑鱼追得四下逃窜，可即使这样，我们还是能轻而易举地抓住它们。它们的味道是那么鲜美，只有它们才配成为我们的食物！"它说着，咽了咽就要流出来的口水，"告诉你吧，鲑鱼马上就要来了。看，要下雨了！水要涨起来了，鲑鱼就要从海里游过来了！"

"从海里游过来？海是什么？"汤姆问。

"大海呀！你不知道？"水獭更有了傲慢下去的理由，接着得意扬扬地说，"其实鲑鱼在海里待得好好的，可它们却偏要跑到河里来，那我们还等什么！我们就会去捉，然后我们还会跟着它们跑到大海里去，在海里捉各种各样的鱼吃。海里真舒服呀！被海浪拍打着、海水浸没着，还有岸边的岩石，躺在上面又温暖又干净。哼，要不是有那些可怕的人，那种日子真快活。"

"人？人是什么？"汤姆问，可是在他心里，似乎已经知道了答案。

"人是两条腿的动物呀！咦？好像跟你很相像呢，如果你没有尾巴的话。不过他们比你可大得多！"水獭叹了口气，"哼，他们太可怕了，常用鱼钩钓鱼，还会在石头缝里藏些小鱼小虾，等我们过去吃时，就把我们捉住。我可怜的丈夫就是这样被他们捉住，用枪打死的。"水獭的语气又悲伤又愤怒。然后，它不再说话，带着它的孩子们向下游游去了。

汤姆躲在睡莲的根茎当中,脑子里想着水獭说过的话。大海,听起来是那么宽广辽阔,而且还有好多的鱼,好多的风景,会发生好多的故事。一想到这里,他对现在的生活不满意了,这条小河那么小,这些朋友什么都不知道。他要到大海里去!他想到大海里去!

有一次,汤姆试图向下游游去,可是越走水越浅,太阳灼烧着他的肌肤,让他非常难受。所以,他只好又回来了。

他重新回到小河里,整天闷闷不乐。

有一天,天空阴云密布,汤姆的心也沉甸甸的。他觉得很懒很闷,不愿意动。一群群的蜻蜓在水面上盘旋,还有很多小飞虫,可是水里的鳟鱼却没兴趣捉,只是懒散地躲在石头下打盹儿。汤姆觉得又闷又热,就游上来把头露出水面。

一块巨大的黑云从远处移过来,罩住山谷,似乎要把山峰一口一口地吞下去,河两岸静极了,连一丝风也没有,鸟不叫,树也不摇。接着,"嘀嗒嘀嗒",几颗大雨点从天上掉下来,在水面溅起一个又一个圆圆的水花,有一颗正落在汤姆的鼻子上,他吓得赶紧沉到水里去了。

远处有一道闪电一闪而过,没用几秒钟,一个巨大的雷在天空炸响,好像要把世界毁灭似的。汤姆躲在水里不敢出来,他的头上除了倾盆大雨,还有冰雹,像小石子一样砸到水中,水花飞溅。河水涨起来了，翻涌起来了，那些本来安静地躲在河水中的烂树枝、稻草，还有水虱、水蛭，都随着河水翻滚起来。此时，那些鳟鱼才兴奋起来，纷纷跳出来吞吃小虫，还你争我夺，生怕到嘴的美味被同伴抢了去。

汤姆被水流冲得站不住脚，赶紧躲到一块石头后面。

此时，一道电光闪过，他看到了水中奇异的景象！有无数条鳗鱼在游动，向下游奔去！这些鳗鱼平时总是躲在岩石缝里、泥土里，这会儿却几乎都跑出来了！它们的动作又急又猛，好像有人在后面追杀它们似的。

汤姆听到它们一边游一边交谈："快呀，快呀！我们要趁着下雨到大海里去，我们要到大海里去！"

随后，老水獭也带着它们的儿女们冲过来了："快走，孩子们！我们要到大海里去，那里有美味的鲑鱼吃！"

又一道闪电划过天空，照得水中分外清晰。汤姆惊奇地看到，有三个美丽的小女孩，正手挽着手，顺流而下。"我们到海里去呀！"汤姆听到她们一边游一边唱，但似乎就在眨眼之间，那几个小女孩不见了。

"喂，你们是谁？请等等我！"汤姆冲着那几个女孩子喊起来，可是回答他的只有隐约能听到的歌声，"我们到大海去吧！"

"我想去大海看看！"汤姆对身边依然忙着吞吃小虫的鳟

鱼说,"你们去吗?"可是那些鳟鱼对他理都不理。汤姆想,那好吧,我们也省得告别了,就这样,再见吧!

汤姆就在电闪雷鸣之中,顺着小河向下游奔去。河水汹涌翻滚,汤姆简直无法控制自己,只能随波逐流。他在心里想:我要游呀,我要不停地游下去!我要看看大海,看看那宽广的世界!在经过一些河底洞穴的时候,有几条大鳟鱼向汤姆冲过来,把他当成了美味的食物。可是,河中的仙女却把它们痛斥了一顿,问它们怎么敢去打水孩子的主意。这些鳟鱼自知理亏,只好垂头丧气地游回洞里去了。汤姆对发生的这一切却一无所知,他顺着奔腾的河水急速向前冲,经过了狭窄的山谷、幽深的潭水,"我从没经历过这么激动人心的时刻,我多么幸运啊!"他在心里大声说。

当天渐渐亮起来,黎明到来的时候,汤姆发现自己已经到了那条鲑鱼河里。河水平静而广阔,好像还沉浸在昨夜的梦里。

"我该怎么办呢?"汤姆问自己,"如果随便乱闯,我大概会迷路的。"他找到一块石头,在石头的缝隙里坐下来,期望能碰到他熟悉的水獭或是别的什么,问一问该走哪条路。

一夜的奔波让汤姆觉得疲倦了,他坐在岩石缝里睡意蒙眬,就渐渐进入了梦乡。

等他醒来时,那片河水变得异常澄静安详,把汤姆看得有点儿呆了。突然,有什么特别的东西进入了他的视野,汤姆惊喜得简

直要跳起来。

是鲑鱼！就是他要看的鲑鱼！

那鱼身体巨大，简直有汤姆的一百倍那么大。它正逆水而上，看起来非常轻松自如。它的身体银白，零星点缀着几处红斑，有一张弯弯的嘴巴和一双又大又亮的眼睛。它的神态又高贵又安详，像国王一样在水中游着，似乎两边的水域都是它的领土似的。

汤姆在石缝里没敢出来，他觉得自己像个外乡人，什么都不知道，面对这么高贵的水中之王，他心里有点儿胆怯。

鲑鱼看了汤姆一眼，没有说话，继续向前游去。接着后面又来了一条，又来了一条，一共有四五条的样子。它们全都逆流而上，尾巴刷刷地甩两下，便溅起一片水花。它们还时常跃出水面，身体在阳光的照耀下，熠熠闪光，美丽无比。汤姆看得有些呆了，他想，就算让我看上一整天，我都愿意的。

随后又有一条大鱼游过来，它的身体比前面的几条都大。它速度很慢，还时不时停下来向后面张望。汤姆也随着它的视线望过去，看到后面还有一条鲑鱼，非常美丽，浑身是纯银色，连一个斑点都找不出。

"亲爱的，你太累了。"大鲑鱼对它美丽的同伴说，"你开始时不要太用力。快，到这块石头后面休息一下吧！"

噢，原来那美丽的鲑鱼是它的妻子。看得出来，它对妻子非常关心、非常体贴，一直细心地为它做事，不像鲤鱼呀、梭鱼呀，整天就顾着自己，根本不关心它们的妻子。

接着鲑鱼看到了汤姆，它警觉地问："你在这里看什么？"

"请你不要伤害我！"汤姆说，"我在这里休息，就看到了你，你可真美呀！"

"是吗？"鲑鱼的神色缓和下来，说话很矜持很有礼貌，"对不起，请原谅我刚才的不礼貌。我知道你是谁了，我以前也碰到过你们当中的一两位，很懂规矩，很招人喜爱。对了，最近有一位还帮了我的忙呢，我真希望有机会能够报答他。我们在这里不妨碍你吧？等我妻子休息好了，我们就立刻上路。"

这条鲑鱼真是有教养。

汤姆听它说从前见过其他的水孩子，非常感兴趣，急忙问："你见过我的同类？"

"是啊！就在昨天晚上，我们在入海口还碰到了一位。他警告我和我的妻子，说这条河从去年冬天开始，就被人布下了很多新网，让我们小心。他后来还带着我们从那些可怕的网边上绕了过去，他可真是个心地善良、热心的孩子。"

"原来海里也有水孩子！"汤姆高兴得拍起手来，"那我在海里就有人跟我玩了，真好！"

"难道这条河里没有水孩子吗？"鲑鱼太太问。

"一个也没有！"汤姆说，"所以我过得很寂寞。每天只能和蜻蜓、蜉蝣，还有鳟鱼它们玩。只有昨天晚上，我好像看到了三个女孩子，她们手挽着手，一边唱着歌一边向下游游去，可是转眼间就不见了，我连一句话都没跟她们说上。"

"你会看到你的同伴们的，别灰心！"鲑鱼先生安慰汤姆，"别灰心，勇敢地游下去吧，大海是个既宽广又美丽的世界！"

"你们也要小心！"汤姆说，"当心可恶的水獭，它一心想吃掉你们。"

"谢谢你，孩子。"鲑鱼先生说，"我知道那个家伙，又阴险又恶毒，总想抓到我和我的同类。我会小心的！"说完，鲑鱼夫妇和它们的同伴又向上游游去了。

汤姆目送它们走远，自己也开始了新的旅程。他游得很慢，很小心，这样的日子一晃就是好多天。虽然他无法看到水中仙子的脸，也看不到她们的身影，可实际上这些仙子一直在为汤姆引路，在暗中保护这个水孩子。不然的话，可能汤姆一辈子都游不到大海里去呢。

来到大海
—— LAI DAO DAHAI ——

他游啊游啊,游了很多天。因为他离大海还有许多英里呢。也许,如果不是仙女在暗中引导他,他永远也找不到通往大海的路。仙女们在引导他,但不让他看到她们美丽的脸,也不让他感觉到她们温柔的手。

在游往大海的路上,他有过一次非常奇怪的历险。那是九月里的一个晴朗、安静的夜晚。月光那么明亮,照进水里;他尽管拼命闭紧眼睛,仍然睡不着觉。

"我还是到水面上去看看吧。"汤姆跑到水面上来,坐在一块大石头上,望着银色的月亮出神。那月亮又澄静又安详,像一位善解人意的妈妈,把清亮的光照在汤姆的身上,柔柔的、轻轻的。汤姆的心里好像一下子舒畅起来,这么多天的奔波疲惫似乎全没了。在河岸上,树叶被夜风吹过,沙沙地唱起歌,草木散发出淡淡的清香,汤姆觉得开心极了。当然,如果让你在九月里的一个夜晚,坐在那样一个地方,湿漉漉的背上一点衣服也没有的话,你会感到很冷的。但是汤姆是一个水孩子,所以他和鱼类一样,并不觉

水孩子

得冷。

忽然，远处一团明亮的红光吸引了他。那团红光沿着河边飘动，在水中映出一个流动的倒影。汤姆的好奇心本来就很重，此时当然要看个究竟，于是他便从大石头上爬下来，向那团火焰游去。

那团火在一块矮石边停下来，汤姆也在矮石边偷偷窥视。在水中，有几条鲑鱼聚集在火光之下，睁着眼睛望着水上的光，充满了好奇，也充满了兴趣。汤姆想探出水面看清楚一些，可是他刚一露出脑袋，就立刻缩了回去。

因为他听到了一个声音，非常熟悉的声音。

那声音是从一个长着两条腿的家伙嘴里发出来的。汤姆知道他们是人，是水獭曾提到过的人。虽然没有人亲自告诉过他，也没人指给他看，但汤姆好像就是知道。他们一共有三个，其中一个拿着火把，还有一个拿着一根长竿子。汤姆心里害怕，急忙爬进一个石洞里，从洞口向外望着。

"捉那条大的，快点儿，小伙子！手一定要准、要稳！"拿火把的人冲着拿长竹竿的人说。

汤姆听得懂他们的谈话，知道他们要对鲑鱼下手了。他心里很着急，想警告那几条鲑鱼。可是那几条鲑鱼好像着了魔，眼睛死死盯着火光，一动也不动。就在汤姆犹犹豫豫拿不定主意的时候，那根长竿就伸到水里来。"噼噼啪啪"，随着水花的溅起和竹竿的一阵左晃右动，那条大鲑鱼被刺中了，在挣扎了一番之后，它被人提出了水面。

汤姆心里很难过，而其他那几条鲑鱼看到同伴被捉，早就吓得四下逃散了。但随后另一阵嘈杂声从河岸上传来，吸引了汤姆的注意力。

"是谁在偷鱼？"从远处传来一阵脚步声，有几个人好像一边问一边向河岸跑过来。

"不好了，看园子的人来了。"那个拿火把的人惊慌地说，"我们快跑吧！"

可是他们几个似乎来不及逃跑了，远处跑过来的三个人把他们围住，和他们厮打起来。

"该死的，谁让你们来偷鱼？"有人叫嚷道。

"谁叫你们多管闲事？"拿火把的人回敬说。

他们又叫又嚷，连踢带打，还说了很多骂人的话。其实这种厮打和吵骂汤姆在从前是经常见到的，也是习以为常的，可是现在的水孩子汤姆却觉得这些人是那么粗鲁、野蛮，那些骂人话是那么刺耳、难听，他感到非常厌恶。

"真幸运我是个水孩子，不再和这些嘴里讲脏话、身穿脏衣服的人有什么相干了。"汤姆心里想。可是他还是不敢跑出洞去，因为管园子的人和偷盗贼正打得热闹，把石头踏得咚咚作响。

忽然，水中"扑通"一声，有什么东西掉了进来。随后河岸上又吵闹了一阵,然后才安静下来。

有一个沉重的身体沉下来,落在汤姆的附近——正是那个拿火把的人。河水很急,那个人的身体随着水流翻了几个滚。岸上有人在跑动,似乎在寻找这个落水的人。可是他沉下去的时候,正好掉在一个河底的深坑里,躺在那儿一动不动,岸上的人自然是找不到他了。

汤姆躲在洞里,大气不敢出,只是盯着那个沉下来的身体看。他等了好久,见那个人始终没有动,这才放下心来,向那个人游过去。他想:"也许河水让他睡着了。"他小心地一点点靠近,心里充满了好奇。那个人脸背对着他,一动不动。

汤姆游泳的动作很轻,很怕惊动了他。观察了一会儿,见那个人还是没有动静,他就凑到他的前面,想看看他的脸。

月亮很圆很亮,把那张脸照得很清楚。汤姆睁大眼睛望着,他的记忆好像在那一刻一点儿一点儿地恢复了,他记起这个人就是他从前的师傅葛林。汤姆扭身就跑,游得飞快,心怦怦乱跳。

"糟糕!他也要变成水孩子了,真倒霉!这下我又不得安生了,万一他找到我,还不是要把打我、骂我当成家常便饭?"

汤姆游了好长时间都没敢停下来,后来他在一棵大杨树的树根下面忐忑不安地过了一夜。但是,当早晨来临的时候,他又急着回到深潭去。他想弄明白葛林到底怎么样了。

他重新游回去,在一个自认为安全的地方偷偷地看,他发现葛林先生仍然躺在那儿，并没有变成水孩子。于是汤姆略有些放下心来。

到了下午，汤姆又游了回去，想看看葛林到底还在不在。可是这一回葛林先生却不见了。

汤姆变得提心吊胆起来，"真倒霉！"他心里想，"他一定是变成水孩子游走了。万一被他碰见，我该怎么办？"

其实汤姆根本用不着担心，葛林先生并没有变成水孩子，他是被水中的仙人给拖走了。你们知道吗？凡是掉到水里的东西，仙人都会给他们安排好去处，葛林先生当然也不例外。水中的仙人这么做，对葛林先生倒是一件好事。最起码，他再也不能去偷人家的鲑鱼了。仙人们认为，对待这些偷窃的贼，最好的办法就是让他在水里泡上二十四小时，像葛林先生那样。所以为什么家长都教育小孩子要守规矩，不要随便拿别人的东西呢？道理就在这里！如果你本本分分地到别人家去做客，听话、讲礼貌，人家就会周到地招待你，和你一起玩，而不会像葛林那样被人打落到河里，还背上偷盗贼的坏名声。

汤姆非常害怕会碰到葛林，所以就朝河的下游游去。他离去的时候，整个溪谷都显得很悲伤。红的和黄的树叶纷纷落在河里，苍蝇和甲虫全都死光了。秋天的寒雾低低笼罩着山顶，有时候甚至降落到河面上来，使汤姆望不到方向。但是他可以顺着河流的方向摸索前进。一天天就这样过去了，他经过了许多大桥，许

多船舶，又经过那座大城市，以及城外的码头、磨坊、冒烟的烟囱和在河中下锚的船只。有时候汤姆撞在这些船的锚缆上，弄不清是什么，就伸出头来张望。等到他望见船上有些水手在游荡着，抽着烟头，就赶忙又钻进水里去，生怕被人捉到，把他又变做一个扫烟囱的。其实呀，汤姆不知道，仙人们一直在他身旁保护着，不让那些水手看见汤姆，不让凶猛的动物接近汤姆，还把他从臭水沟和一切危险的地方引开。不然的话，汤姆不知道会遇到多少挫折和困难呢。

不过，对这么小的一个孩子来说，孤身一个人长途远行，真是辛苦。在路上，汤姆不只一次想要回去，他想起了蜻蜓朋友和那些鳟鱼，想起在夏日阳光下那无忧无虑的生活。

可是汤姆是个勇敢的孩子，他心里的这些念头一闪就过去了，他始终坚持着前进。

终于有一天，汤姆透过雾气看到远处有一个红色的浮标。他非常惊奇地发现，水流回过身，向陆地这边涌过来。而且就在那一刹那，他感到水突然变咸了。随后，他感觉自己也和从前有了许多不一样的地方，他觉得自己变得强壮、轻快了，神清气爽，浑身好像有使不完的劲儿。汤姆连蹦带跳，居然没费什么力气就一下子跃出了水面。他觉得真惊奇啊！从前那么羡慕鳟鱼会在水里跳来跳去，可是自己却做不了。现在他居然也可以了，真好！

这时的汤姆内心无比激动，他知道自己终于到达大海了，他朝那个红色的浮标游去。在他身边，有小虾惊慌地游过去，后面紧紧地跟着追赶它们的大鱼，汤姆不知该管这鱼叫什么。那鱼也像司空见惯似的，对这个陌生的客人理都没理。汤姆心想："这里真有意思啊！它们看见我来了，却毫不奇怪，连问都不问一声。"所以汤姆也就自顾自地游着。

后来，他又遇见一头乌黑发亮的海豹，正把头伸出水面，那样子就像一个面孔黑黑的大胖子。海豹瞪着两只眼睛盯着汤姆，汤姆觉得它一点儿都不凶，于是心里也就没有什么害怕的，他说："你好，先生！我是刚刚到这里来的，这大海真是美丽啊！"海豹听了汤姆的问候，温和地点了点头，眼睛一眨一眨地说：

"你好，小家伙！你是来找你的哥哥姐姐吗？他们全在外面玩呢，我刚才还从他们身边路过。"

"真的？"汤姆叫了起来，"那我终于找到可以一起玩的同伴了！我可是从来没见过他们当中的一个呢。"

汤姆激动得都没有和海豹告别，就游到浮标跟前，爬了上去。然后他坐在浮标上四处张望，想发现那些和他一样的水孩子的身影。可是找了半天，却一个都没看见。

汤姆看到，此刻的大海在新鲜海风的吹拂下，带着一股快乐的气息。微波围着浮标跳舞，浮标也随着波浪跳舞。一片片云彩的影子在蓝色的海湾上奔驰着，然而，这一个从来都追不上那一个。海浪欢腾地向着广阔的滩地涌去，跳过石头，想看看石头后面青绿的田野是什么样子。可是它跌了一跤，把自己跌得粉碎，但却不以为然，又重新跳了起来。黑头白身的燕鸥在汤姆头上盘旋，望上去就像许多大蜻蜓。海鸥的鸣声就像许多女孩子在嬉笑着。还有海鹊，红嘴红腿，沿着海岸来回飞翔，鸣声又奔放又悦耳。汤姆看了又看，听了又听，大海的一切对他来说都是新鲜的，都是令人心仪、令人快乐的！如果这时汤姆能够找到其他水孩子，那他真的会高兴死了。

可是潮水退下去了，汤姆还是没有看到一个水孩子的影子。他从浮标上爬下来，在水中游来游去寻找他的同伴。有时候他似乎听到他们在说笑，可仔细一听，原来是海浪的声音；有时候他似乎认为找到了他们中的一个，可到近处一瞧，原来那不过是些白色的贝壳。还有一次，他看见沙子里露出两只眼睛骨碌碌乱转，于是高兴地冲进水里，扒开沙土，大叫道："哈，我可找到你啦，快出来和我玩儿！"可是蹦出来的却是一只大比目鱼，眼睛难看死了，嘴也是歪的，在水底下唰唰地跑了，还把汤姆绊了一跤。

汤姆难过极了。他坐到了海底，想着自己一路辛辛苦苦，走了那么远的路，遇到了那么多的困难，终于来到了大海，可是却连一个水孩子都没找到，这多让人伤心啊！

汤姆伤心地流出了眼泪，那泪水都是咸咸的。

不过，经过这一段时间的长途跋涉，汤姆懂事了。他知道要想实现自己的愿望，就要全身心地努力，同时也需要耐心地等待。

所以，汤姆一连几天都在浮标附近转来转去，在浮标上向四周张望，希望海面上会出现水孩子的身影。

许多天过去了，许多个星期过去了，但是那些水孩子依然没有出现。

汤姆看到海里各种各样的生物，就不停地向它们打听。这些小家伙有的说见过，有的却连听都没有听说过。

汤姆碰到一大群紫色的海蜗牛，于是他便对海蜗牛说：

"美丽的海蜗牛呀，你们见过水孩子吗？"

那些海蜗牛说："我们连自己是从哪里来的都不知道，谁知道什么水孩子？只要我们能够每天在暖暖的海里漂流，头上有温暖的太阳照着，那就行了，还管什么别的？我们在路上倒是见到过一些新鲜东西，也许就有水孩子吧，可是我们也说不清。"

海蜗牛们说完就漂走了，慢慢腾腾地上了沙滩。它们可真是一群头脑简单的快乐的家伙！

后来，汤姆又看到一条大翻车鱼，它的身体很大、很扁，嘴巴却小得可怜，长在那么巨大的身体上，显得非常可笑。汤姆向它打听水孩子的消息，它的声音又尖又细：

"我想我是不知道的呀！我迷了路，本打算去齐撒比克湾，可是现在弄错了，都是这道温暖的洋流给闹的，让我搞不清方向。我敢说我一定迷路了！"

"那么你从未见过水孩子吗？"汤姆问。

"我迷了路了,你别打扰我,我在想问题呢。"

汤姆不敢说话了。可是这条翻车鱼并没有想出什么名堂,相反,它越想越糊涂,在接下去的几天,汤姆看见它一直在海里东闯西撞,没有找到正确的出路。最后,海边的渔民在船上看见它的鳍在水面上,就用一根鱼叉戳中了它,把它捕去了。那些人把它装在一个鱼缸里,供人们参观,因此赚了不少钱。不过汤姆当然不知道。

后来,汤姆又看到一大群海豚,全身油光闪亮,一边游一边轻声叹息。汤姆大着胆子上前去和它们说话,可是它们只回答"嘘嘘嘘",原来它们只学会了说这一句话。

汤姆还碰到一群鲨鱼,懒洋洋地在海面上晒太阳。汤姆见到它们时很害怕,不敢说什么。其实这群鲨鱼脾气挺好,根本没有要和汤姆动粗的意思。它们冲着汤姆不停地眨眼睛,懒懒散散地游荡。但是汤姆没法儿让它们说话,因为这些鲨鱼吃得太多了,脑袋有点儿傻呆呆的。

汤姆一直也没看到水孩子的影子,于是依然不停地在海上寻找。

有一次,汤姆看到了一条美丽的鱼,形状就像一条美丽的银丝带。它的神色很憔悴,一副无精打采的样子。汤姆觉得它一定和自己一样有什么心事,于是就慢慢地游到它跟前,问它:

"你是从哪里来的?怎么看上去不太高兴啊?"

072　水孩子

"我从南方来，"那条美丽的鱼说起话来仍然有气无力，"我一直生活在温暖的地方。可是一股暖流把我弄糊涂了，我随着暖暖的洋流一直朝北游，结果突然碰到了寒冷的冰山，一下子把我冻僵了。是那些水孩子把我从冰山中救出来，我才算捡回一条命。现在我的身体渐渐恢复了，可是我觉得好像一点儿力气都没有，总是打不起精神来。我很担心，怕自己再也回不了家了。"

"你见过水孩子？"汤姆惊喜地叫起来，"你最近见过他们吗？"

"见过啊！昨天晚上他们还帮了我呢，不然的话我早被一只大海豚吃掉了。"

汤姆的心忍不住又激动地跳起来，这真是让人着急啊！他的同伴就在附近，可是这么多天，他却从来没见过他们中的一个。想到这儿，汤姆难过地离开了那条鱼，一个人在礁石边、沙滩上不停地寻找。

当他感到非常失望和疲惫的时候，就坐在礁石上，轻声呼唤着水孩子，委屈得偷偷哭泣。可是一直没有水孩子回答他，汤姆变得憔悴了。

就在这时，汤姆认识了一位新朋友——一只龙虾。拥有朋友的欢乐把汤姆的孤独感冲淡了，他的心情也比从前好了很多。

汤姆从来没有见过龙虾，所以看见这只龙虾觉得非常好玩，认为这是他有生以来见过的最古怪、最可笑的动物。在这一点上，汤姆的看法一点儿也没错。像龙虾这样古怪可笑的东西，你就是把世界上所有的科学家、所有富于丰富幻想的人的智慧全融合在一起，也还是创造不出来。这龙虾的一只螯长满了瘤节，另一只螯上满是锯齿。汤姆最喜欢看它吃食的派头：它用长瘤节的螯夹着海藻，用锯齿的螯把海藻切开，就像猴子一般，先拿来闻闻，然后放进嘴里。每次它这样做时，螯上的螺蛳都要张开自己的渔网在水里捞一下，这样不论捞到些什么，螺蛳的午饭也到嘴了。可是最使汤姆诧异的，是看它把自己身子射出去——噗的一声，向后一跳。它这种轻功的确了不起，如果它要跳进十码外一条狭石缝里，你想它该怎么办呢？如果头先进去，它肯定转不过身来，所以它总是把尾巴朝着石缝，把两根长触须放平，身子伸直对准方向，两只眼睛扭起来向后看，扭得几乎从眼窝里凸出来，然后是预备，起跳，噗，身子就离地而起进入石缝。他两只眼睛从石缝里向外窥望着，捻着胡须，那意思好像说："你决计做不到。"

"你见到过水孩子吗？"汤姆问它。

"水孩子呀？当然见过！"龙虾捻着长长的胡须说，"他们是一群爱管闲事的小东西，哪只小鱼遇到麻烦啦，哪只小贝壳出了事啦，他们都爱伸一把手。"

"是啊，我听好些鱼说过，他们都得到过水孩子的帮助。你呢，水孩子帮没帮过你什么忙？"汤姆很有兴趣地问。

"帮我？"龙虾撇了撇嘴，"让这些身上连个壳都没有的小家伙来帮助我，那不是羞死人了？我活了一把年纪了，见过的世面也算不少了，自己还是能照顾得了自己的。"

龙虾对自己是看得很高的，所以总是不自觉地显露出一副神气的样子。汤姆对这个倒不怎么在意，因为这是一只心地善良的老龙虾，给汤姆讲了好多它见过和听过的故事，让汤姆长了不少见识。

这一天，汤姆和龙虾正在海边一块礁石的缝隙里聊天，突然，有什么声音从海滩上传过来，吸引了他的注意。

是人的说话声，而且还是一个甜甜的女孩子的说话声！汤姆立即蹦起来，向海面游去。

"嘿，你要干什么，怎么撇下我不管啦？"讲得正起劲的龙虾对汤姆这么突然地走开感到非常奇怪。

汤姆没有回答龙虾的提问，他觉得像有什么东西推着他似的，使他身不由己地向海面靠近。

汤姆把头从一块石头上悄悄露出来，向讲话的人那里望过去。海滩上，有两个人正朝汤姆藏身的方向走来，是一老一少两个人。随着这两个人的靠近，汤姆渐渐地看清了他们的面孔，他忍不住叫出声来："天啊，我看到了谁？"

海滩上是一个老头儿和一个小姑娘。老头儿不时地用手指着大海对小姑娘说着什么，那个小姑娘正是汤姆在约翰爵爷家看到的那位洁白的小姑娘。

她怎么会在这里呀？汤姆心里非常奇怪，那个老头儿又是谁

呢？

汤姆当然不会知道了，爱丽是和妈妈一起来海边度假的。身边的老头儿是一位教授，一个博物学家，他是爱丽的父亲约翰爵爷的朋友。这一天，教授正带着爱丽到海边散步，并把海边各种美丽的贝壳、海星指给她看。

"它们确实很漂亮！可是，这些东西我都不喜欢。"爱丽老老实实地对教授说，"因为它们不能和我说话，不能和我一起玩。要是海里有水孩子就好了，他们一定很有趣！"

"你真是个奇怪的孩子，哪有什么水孩子呀？"教授说。

"当然有了！水里不但有水孩子，还有美人鱼。我在家里就看到过这样的画，一个漂亮的仙女坐在海豚车上，旁边是一群孩子围着她，还有许多可爱的美人鱼在水里玩耍。那张画非常非常美，而且画上的情景也一定是真的。"

"傻丫头，这些都不是真的。世界上只有人类才是最聪明、最能思考问题的动物，什么仙女呀、天使呀、美人鱼呀，都是编出来的。"

"为什么世界上没有水孩子呢？"爱丽不甘心地问。

教授当然回答不清楚这个问题了，他有点儿不讲理地说："就是没有，没有为什么。"

为了转移话题，他又对有些闷闷不乐的爱丽说："我们用渔网捞鱼吧，说不定能捞到什么有意思的东西呢。"

他把渔网扔到大海里，说来真巧，正呆呆地听他们谈话的汤姆一下子就被罩在了网里！

教授把网提上来，"哎呀，好大的红海参！"他惊奇地叫起来，"还长着手呢，一定和肉参有关系。"

他把汤姆拿出来一看，更惊讶了："怎么，还长着眼睛？那一定是和乌贼有什么亲属关系了。"教授非常自信地说。要知道，他可是一个很有学问的人呢。

"我不是乌贼，你才是呢！"汤姆听见教授叫他乌贼，生气了，忘记了害怕，冲着教授大声抗议。他觉得这个外号太难听了。

"我想他是个水孩子！"爱丽兴奋地说。

"什么水孩子，根本不是！"教授断然否定。

其实在他心里已经知道这是个水孩子了，可是教授死要面子，刚才还对爱丽小姐说水孩子根本不存在，现在怎么能承认呢？绝对不行，要是那样，不被爱丽笑话才怪呢！

其实呀，如果教授非常诚实地对爱丽承认这是个水孩子，承认这是自己从来没有见到过的新奇事物，爱丽小姐是不会嘲笑他的。相反，爱丽会更加尊敬他、佩服他。

可是教授太要面子了，不愿意在一个小孩子面前承认自己也有不懂和不知道的事情。原本他是打算把汤姆留下来，好好研究研究的。可是现在，他巴不得这个小家伙早点儿消失掉。他像是要给自己找个台阶下，就用手指弹了汤姆一下，对爱丽说："孩子，你一定是昨天做梦梦见了水孩子，所以现在脑子里净想着这些事。"

汤姆对教授管自己叫乌贼已经非常不满意了，这时见他又拿手指敲自己，心中更为不满。而且他心里还有一个想法，认为只要是会说话、会穿衣服的人类把他提了去，就一定会把他重新变成一个又黑又脏的扫烟囱的孩子。所以教授一捉住他，他就又急又怕，此时，汤姆就像一只走投无路的小老鼠，张开了他的小嘴，一口咬住了教授的手指头。

"哎哟！"教授疼得大叫起来。这时教授的心里正想让汤姆早点儿走掉，所以趁着这个机会，他一下子就把汤姆扔回到了大海里。

汤姆到了海中，一个猛子钻进海底，转眼间就不见了。

"水孩子！水孩子！"爱丽大声叫起来。

"什么水孩子，这是一只讨厌的乌贼，还咬了我一口呢。"教授为自己辩解。

"不，就是水孩子，我听见他说话了！"爱丽跳上礁石，想寻找水孩子的踪影。

可是，长满了青苔的礁石太滑了，她跑得又那么急，根本顾不得仔细看脚下的路，结果一个趔趄跌下了礁石，头撞到了一块尖尖的石头上，昏了过去。

教授奔过去把她抱起来，怎么叫也叫不醒她。教授的心里真是急死了，眼泪都流了出来，可是爱丽就是没有任何反映。

水孩子

没有办法，老教授只好抱着她回到家中。爱丽在床上时而清醒、时而昏睡，只要她一醒过来，便会叫着水孩子的名字。家里人都弄不懂这是什么意思，教授又不肯说。

几天之后，在一个明朗的月夜，那些仙人从窗子飞进来，给爱丽带来了一对翅膀。那是一对无比美丽可爱的翅膀，爱丽情不自禁地把它们戴在了身上。然后轻盈地飞了出去，越飞越高，越飞越远，飞上了美丽的云端。

在很长一段时间里，没有人知道她去了哪里。

惩恶仙人的故事
CHENG'E XIANREN DE GUSHI

汤姆从教授的手中逃回了大海，按理说，他应该庆幸，应该高兴了。可是汤姆却有些闷闷不乐。

为什么？因为他心里时常想着小爱丽，想和她一起玩。虽然爱丽比自己大了许多倍，但是那有什么关系！在海里，各种鱼呀、虾呀、海豚呀，不是也大他很多倍吗？可还是和他玩得好好的。

汤姆有时候会偷偷地爬到礁石上，希望能够再一次碰到那个可爱的小姑娘。可是他却始终没有看到爱丽的身影，这不免让他感到沮丧。不过，没多久，汤姆就被别的事吸引过去了。

这一天，汤姆正在礁石边游荡，看水中的鳕鱼在捉小虾吃。突然，他看见了一只用竹子编的圆笼子，笼子里坐着的不是别人，正是自己的好朋友龙虾。

"你怎么坐在笼子里，是被人关起来了吗？"汤姆游过去问。

龙虾摆弄着自己的胡须，显得非常不好意思。是呀，堂堂的龙虾先生，活了一大把年纪，见了那么多世面，怎么会被套在笼子里，不是被人笑话吗？

本来，汤姆的这几句话是有些不礼貌，可是龙虾在这种情况下，根本没心思和汤姆斗嘴。它低下了头，不好意思地说：

"我出不来呀！"

"那你是怎么进去的呢？"

"还不是因为这条死鱼！"龙虾指着笼子里拴着的一条死鱼说，"我认为它味道会不错，就从上面的洞里钻了进来，可是钻到里面就出不来了。"

"我帮你，你快往上跳！"

龙虾沮丧地摇摇头："没有用，我跳了已不下四千遍了，可不知怎么搞的，就是跳不出去。

汤姆仔细看了看竹笼，他比龙虾聪明多了，很容易就看出到底是怎么回事。

"你把尾巴竖起来对着我，我把你从笼子里拖出来，这样你就不会戳在笼子的尖刺上了。"

但是龙虾非常蠢笨，对不准那个洞。

许多许多狐狸猎手在自己的地盘里的时候都是非常灵敏的，但是一旦到了外面，就晕头转向了；龙虾也是这样，对他来说，是晕尾转向了。

汤姆爬上笼子，从洞口向下爬，终于抓到了龙虾；然后，不出

084 水孩子

我们所料，笨龙虾将汤姆一个倒栽葱拽了进去。

"天哪，我怎么没有想到这个好办法呢？"龙虾说，"我有那么丰富的生活经验！"

你看到了吧，经验是没有多大用处的，除非人或龙虾有足够的智慧使用它。

他们才把尖桩的尖头弄掉一半，就看到头顶上来了一大团乌云，瞧，那是水獭。它见到汤姆的处境，顿时狞笑个不停。"呀，"她说，"你这个爱管闲事的坏蛋，这回我可逮住你了！我要让你知道，向鲑鱼告我的密，把我的行踪说出去，你会有什么好处！"说完，它爬到笼子上，想钻进来。汤姆吓坏了。当它发现了顶上的洞，龇牙咧嘴地从洞口向下探着身子，拼命扭动着想挤进来时，汤姆更加害怕。

但是它的头刚刚伸进来，英勇的龙虾先生就一下子抓住它的鼻子，死不松手！

现在，笼子里成了他们三个混战的场所，翻来滚去，里面都快装不下了。龙虾撕扯水獭，水獭撕扯龙虾，把可怜的汤姆挤得透不过气来；幸亏他终于爬到水獭的背上，安全地从洞口逃了出去；否则，不知道会发生什么事呢。

他出去以后真是高兴，但是他不愿抛弃刚才救他的龙虾朋友。他一见到龙虾的尾巴翘到最高的地方，就立刻抓住它，用尽全身力气往外拉。但是龙虾不愿意松手。

"快出来，"汤姆说，"你没有看到它已经死了吗？"

它真的死了，完全淹死了。这就是那个邪恶的水獭的下场。但是龙虾不愿意松手。

"快出来，你这个愚蠢的老木疙瘩，"汤姆嚷道，"否则渔夫会来抓你的！"

汤姆看到竹笼开始晃动起来，水面上一个渔民把笼子提向船边。完了！汤姆觉得他的朋友要丧命了，但这只老龙虾又给了汤姆一次惊喜。它一看到那个渔民，好像头脑就清醒了过来，求生的意识也强烈了，就在竹笼要被提出水面的一刹那，它用力一挣，跃出了竹笼。不过它那只长了瘤节的螯却没了，因为即使在跳离竹笼的时候，它也没有松开钳住水獭的大螯。当汤姆向它问起这问题时，龙虾先生语气坚定地说：

"我当然不能松开！这在我们家族中，是关系到名节的大问题呢。"看，这就是汤姆这位好面子的朋友，什么时候都改不了这个毛病！

惊魂未定的龙虾和汤姆聊了几句，便找地方休息去了。受了这么大的磨难，它需要时间好好恢复调整一下。

汤姆和龙虾告别后，一个人在水里游玩。就在这时，一件令他万分激动的事情发生了。

他看到了一个真的、活生生的水孩子，是一个小姑娘，坐在白色的沙地上，正忙着摆弄一堆石子儿。

他向汤姆跑来，汤姆向他跑去，他们紧紧地抱在一起，亲吻了很长时间，他们不知道这是因为什么。但是，在水底下，大家是用不着互相介绍的。

最后汤姆说："哎，这些日子你们一直在哪儿？我找了你们那么长时间，我太孤独了。"

"我们天天都在这儿。石头附近有几百个水孩子呢。你怎么看不见我们，我们每天晚上回家之前，都唱歌、嬉闹，你也听不见？"

汤姆重新凝视了一会儿那个孩子，然后说道："嗯，这太妙了！像你们这个样子的动物我不知看见过多少回，但我把你们当成了海贝和海里的其他动物。我从来没有把你们看成是和我一样的水孩子。"

这不是很奇怪吗？事实上，确实是太奇怪了，你一定想知道这是怎么回事。

你一定想知道，为什么汤姆在把龙虾救出笼子以后，才看到了水孩子。如果你把这个故事读九遍，然后自己想一想，你就会明白的。把什么事情都告诉小孩子并没有好处，那样，他们就不会自己动脑筋去思考了。其实，这一切都是仙子们安排好的。当汤姆把龙虾从竹笼里救出来之后,他就会找到水孩子。我们现在也常常遇到这样的事呀,当你帮助了别人,做了好事,你的心地越来越善良,你就会发现许多从前没有发现的事情,对吗?

那个水孩子拉着汤姆的手说:"先别想这个问题了,你现在不是找到我们了吗?现在,你帮帮我吧,不然的话,我大概就来不及在我哥哥姐姐到来之前做完了,我们就要回家了。"

"你在做什么?"

"我要把这块儿地方建成海里最好看的花园。上一次下大雨的时候,落下来一块大大的石头,把这里砸得一塌糊涂,把原来石堆上的花都砸坏了。现在我要在这里重新栽上海草、珊瑚和海葵,让这里成为我们玩耍嬉戏的好地方。"

于是,他们俩在那块石头上继续工作起来,在上面种东西,把石头周身的沙子擦掉,他们开心极了。

"我们来了!我们来了!"汤姆听到不远处一群水孩子笑着叫着游了过来。他们互相叫嚷着,追逐着,嬉闹着,连海上的浪花都跟着他们一起翻滚跳跃。这一群水孩子,就像一群快乐的天使。直到这时候,汤姆才知道,自己的眼睛其实一直就看着他们,耳朵也一直听着他们,只是不认识,因为他的眼睛和耳朵没有打开。

水孩子们有的比汤姆大,有的比汤姆小,全穿着白色的小游泳衣，又干净又可爱。当他们发现他是新来的，就一个个过来抱他，亲他，然后把他放在中央，围着他在沙地上跳舞。没有谁这时比可怜的小汤姆更幸福的了。

"现在，"他们同时嚷道，"我们必须继续赶路回家，我们必须继续赶路回家，否则潮水会落下去，把我们晒干。我们修好了所有损坏的海草，把坑中所有的石头放得整整齐齐，把所有的海贝重新栽进沙里，谁也看不出上个礼拜丑恶的暴风雨扫荡的痕迹。"

所有的孩子都欢快地跳起来，高兴地拍着手。

现在你该明白了吧！海滩上那些用石子堆起来的小石堆总是干干净净的，那是因为总有水孩子来清扫的缘故。他们非常爱干净，受不了肮脏的环境。只有在人们浪费、并且将排污管通入大海，而不是把废物堆在田野的时候；只有在人们将鲱鱼头、死狗鱼或其他垃圾扔进水里的时候，水孩子才不会来。有时几百年也不会来，因为他们不能忍受任何臭的或脏的东西。这时他们就让海葵和螃蟹来打扫一切。等到大海重新变得整整齐齐，等到软泥或干净的沙子掩埋了一切肮脏的东西，他们再来，种上活的鸟蛤、海螺、竹蛏、海参和金栟，重建一座美丽的、活的花园。

你到过大海吗？如果去过，你还没看到过水孩子吧？因为现在海面上总是漂着垃圾、废物，都是人们扔进去的。如果有一天，

大家都知道爱护大海，努力让大海变得又清洁又漂亮，说不定你再到海边的时候，就会看到水孩子啦。

汤姆跟水孩子一起回家了。水孩子的家在一座名叫白兰登的仙女岛上。你听说过这位善良的白兰登吗？从前他在荒野的海边，和五位隐士向爱尔兰人进行布道，最后精疲力竭，渴望休息。

一天白兰登跑到山上去，看到那片怒吼的海水，从世界的尽头流向大洋。他叹息道："唉，我要是能像鸽子一样有一双翅膀多好！"他看见，在微远的地方，在太阳沉入大海处前面一些的地方，有一片蓝色的仙女海，仙女海上是一群金色的仙女岛。他说："那些岛是神圣的岛。"然后，他和朋友们扬帆远去，远去，向西，向着太阳落下去的地方。

当白兰登和五位隐士抵达那座仙岛时，他们发现岛上长满了雪松，而且有各种各样美丽的禽鸟。白兰登在雪松下，对着天空中所有的鸟布道。

那些鸟非常喜欢他的布道词，就去告诉海里的鱼们。

鱼也来了，于是白兰登就对鱼布道。

鱼又去告诉住在岛下石洞里的水孩子，水孩子也来了。他们每逢礼拜日总有几百人要来，所以白兰登居然有了一个很像样儿的学校了。

他教导这些水孩子有的几百年了。

后来他的眼睛变得昏花，胡子长得很长很长，弄得他都不敢走动。最后他和五位隐士全都在雪松下面睡去了，一直睡到今天还没有醒。仙女们就自己带水孩子，交他们功课。

在那些宁静的、清爽的夏日傍晚，当太阳沉入金色云彩环绕的海岬和海岛中间，沉入碧空的尽头时，航海的人常常产生幻觉，觉得自己看见了圣布伦丹的仙女岛。那岛就在遥远的西方。但是，无论人们有没有见过，圣布伦丹的仙女岛曾经真的矗立在那儿。它是大洋中的一大块陆地，后来，慢慢地沉到海下面去了。

当汤姆来到岛上的时候，他发现，整个岛架在柱子上，岛的底部遍布着洞穴。那些柱子有黑色的、有绿色的、有绯红色的，还有的饰着一圈一圈红色的、白色的和黄色的沙岩；那些洞穴有蓝色的、有白色的，全都披着海草，门口挂着海草帘子；有紫色的、绯红色的、绿色的、棕色的，地上全都铺着柔软的白沙，水孩子们每天晚上就在上面睡觉。

岛四周住着许多螃蟹，它们是负责打扫山洞的清洁工。每天当水孩子出去之后，它们就会把地上没用的小东西吃掉，让山洞保持整洁干净。在洞穴的周围，还有许多海葵、珊瑚，它们每天清洁海水，使海水保持纯洁。

不过，为了对它们做那些肮脏工作进行补偿，仙女们给它们

水孩子

全穿上颜色和款式都是最漂亮的衣服,使他们就像开满鲜花的巨大花床。

这个岛上还有一群非常重要的小生灵,那就是水蛇。它们有成百上千条,日日夜夜忠实守护着这座小岛。它们当中有的拥有三百只脑子,反应异常机敏,听说从前都是非常出色的侦探家;还有的身上每一个骨节都长着眼睛,什么事都逃不出它们的视线。这些水蛇平时就在小岛的四周游荡、巡查,像变戏法一样拿出许多厉害的武器,杀得那些坏蛋落荒而逃。

岛上的水孩子有成千上万个,汤姆数都数不过来。他们有的是被狠心的父母抛弃的孩子,有的是不被关心、受人虐待的孩子,有的是流浪在大街上病死、饿死、冻死的孩子,还有的是被狠毒的主人或坏士兵杀害的孩子——他们都在那儿。

汤姆很快就适应了小岛的环境,时间一长,他那男孩子的顽皮天性又萌生出来,忍不住做起一些顽皮的勾当。他今天把石子儿放到海葵的嘴里充当晚饭,明天揪住螃蟹的脚不让它动弹。他就是不敢和水蛇胡闹,因为水蛇们的脾气都很暴躁,不喜欢开玩笑,要是把它们惹火了,说不定会倒霉的。

别的水孩子看见汤姆这么淘气,整天捉弄人,就劝告他说:"汤姆,你不要这样,当心惩恶仙人会惩罚你的。"

"谁是惩恶仙人?我怎么从来没看见?你们骗我吧?"汤姆

不相信，每天仍旧嘻嘻哈哈，胡打乱闹。

水孩子们拿他没办法，只好由他去。

终于有一天，惩恶仙人来了。水孩子们看见她，都笔挺挺地站成一排，把身上的衣服抻得平平的，像是要接受检阅一样。

惩恶仙人个子非常高，围着一条黑围巾。她长着一个又高又挺的鹰钩鼻子，一把戒尺紧紧夹在胳膊下面。"她可真丑呀！"汤姆心里想。可是他嘴里什么都没说，因为他害怕惩恶仙人的那把戒尺。

惩恶仙人从孩子们跟前依次走过，脸上很温和、很慈祥。她没有问孩子们都做了什么，只是看看这个、摸摸那个，然后把带来的好东西分给水孩子们吃，有海苹果、海橘子、海糖果、海饼干。那个表现最好的孩子，得到的是一只海冰激凌，用海牛乳做的，在水里也不会化。

汤姆站在最后一个，看着惩恶仙人把那么多好吃的分给前面的水孩子，馋得口水都要流出来了。他的眼睛瞪得圆圆的，嘴巴张得大大的，就盼着惩恶仙人快点儿走到自己跟前。

"汤姆！"惩恶仙人叫了他的名字，"你到我这里来。"

汤姆欢欢喜喜地走过去。惩恶仙人手里捏着一样东西，"噗"地塞到他嘴里。

"嘎嘣！"竟然是一粒又冷又硬的石子儿。

"你是个残忍的女人!"汤姆委屈地哭起来。

"你也是残忍的孩子!是谁把石子儿塞到海葵嘴里,告诉它们是好吃的晚饭?你这样对待它们,我就这样对待你。"

"你——你怎么知道?"汤姆停止了哭泣,怯怯地问。

"就是你告诉我的,就在刚才。"

汤姆觉得非常奇怪,自己刚才并没有开口说话呀!

"不错,每个孩子都告诉我他做了什么错事,自己却不知不觉。所以,没有什么能瞒过我的。从现在起,做个好孩子吧!只要你不对别人做坏事,不把石子儿放在海葵嘴里,我也不会把石子儿放在你的嘴里。"

"我并不知道这样做不好。"汤姆小声地说。

"那么现在你该知道了吧?不要为自己找借口。不能因为你不知道火会烫伤你,火就不烫你呀!也不能因为你不知道吃坏东西会生病,你吃了之后就永远健康啊!就像那只大龙虾,它不知道钻进竹笼里有危险,可它还是被逮住了,对吗?"

"天啊,她怎么什么都知道啊!"汤姆心里叫起来。

"所以不能因为你无心做了错事,就不应该因此受责罚。你要学会善待别人,和所有善良的小生命友好相处。"惩恶仙人的脸色又变得慈祥起来。

"可是你对我太严厉了。"汤姆哭咧咧地说。

"你说得不对，我是你最好的朋友。不过如果有人做了错事，我就一定要惩罚他们，对谁都一样。即使我心里面原谅了他们，但惩罚是一定要给他们的，不想惩罚他们，结果还是一样要惩罚。因为我是机械地去做的，就像引擎一样，我里面全是轮子和发条，发条被细心地上紧了，所以我不得不动。"

"天哪，"汤姆说，"你被造出来已经很久了！"

"我的孩子，我永远存在，我像永恒一样古老，像时间一样年轻。"

说这番话时，惩恶仙人的脸上是一种很奇怪的表情，很庄严也很美丽。她抬起头望向远方，她的目光掠过大海、越过天空，似乎在注视着很远很远的某个地方。她的脸安宁又慈祥，温柔又平静，汤姆看得呆住了，觉得她此时那么亲切，一点儿都不丑。是啊！如果一个人有一颗温柔善良的心，即使丑陋的外表也遮盖不住因善良而释放出来的光芒。

汤姆笑了。

惩恶仙人也微笑起来，她对汤姆说："你刚才觉得我很丑，是不是？"

汤姆脸红了，不好意思地低下了头。

惩恶仙人说："我是很丑，是世界上最丑的仙人。如果这个世界上还有丑恶的人，还有丑恶的事，我的面貌就改不了。如果人类都改正自己的缺点，我就会和我妹妹一样美。我的妹妹叫福善仙人，是最漂亮的仙人。我们两个人做的事很不一样，她能做的事我就不做，我能做的事她也不做。"

停了一会儿，惩恶仙人又说："汤姆，我每个礼拜五都会到这儿来，把所有虐待儿童的人都召来，把他们对待孩子的行为原封不动地加到他们自己身上。"

汤姆一听，害怕起来。他爬到一块石头下面，和住在里面的两只螃蟹挤在一起。螃蟹很不高兴，可是汤姆就是待在那里不动。

一群不负责任、粗心大意的医生被召来了。他们的年纪都挺大的，懂的也不少。现在他们知道要为自己过去犯下的错误接受惩罚，所以个个愁眉苦脸的。

她让他们服下泻药、巴豆剂、糖浆和硫磺，吃得他们挤眉弄眼、苦不堪言。接着她又给他们服下大量的呕吐剂，让他们把胃里的东西都吐出来，吐个一干二净。过了一会儿，她又把这些事情重复做一次，再重复一次。

接下来，一大群愚蠢的妇人被召来了。她们曾经给自己的女儿束腰，就是用马甲把腰勒得细细的，给女儿们穿紧紧的小皮靴。现在惩恶仙人让这些蠢笨的妇人也尝试一下，让她们穿上又紧又硬的马甲，勒得她们简直喘不过气来，接着又给她们穿上小皮靴，让她们不停地跳舞，这些人难受得不得了。

"你们还想继续下去吗？"惩恶仙人问她们。

"不，不！"这些妇人异口同声地说。

惩恶仙人见她们承认这么做不好受，就把她们放掉了。因为她们不是成心让女儿受苦，而是认为这样做对女儿有好处。其实细腰呀、小脚呀，对身体健康一点儿益处都没有，而且也不好看，自然才是最美的。

接着，一群粗心的保姆被召来了。惩恶仙人给她们身上刺上细针，把她们放在摇篮里，肚子上勒上皮带。左摇右晃。直到这些保姆大喊大叫，发誓再也不会粗心地对待那些孩子了。惩恶仙人于是也把她们放出来，因为她们的错也不是故意犯的。

然后，一群残酷的教师被召来了。惩恶仙人把他们捉过来，揪他们的耳朵，用尺子敲他们的头，打他们的手心。

"你不能打我们，我们对孩子讲的全是真理，我们是在传授他们知识！"这些教师非常不服气，大声地辩解道。

"孩子是向你们学知识的，不是来接受你们的体罚的！"惩恶仙人越说越生气，"他们需要的是你们的爱，你们的耐心和细心！"最后，她用大戒尺把他们狠狠地打了一顿，罚他们把三十万行的诗文念熟，等下礼拜五她来之前一定要背出来，否则还会有更厉害的惩罚。

那些教师一听，全都放声大哭起来，他们的呜咽在海水中形成了一个又一个的气泡。在海边不明真相的小孩子，看到水中的气泡，怎么会想到这是他们那狠心的老师弄出来的呢！

惩恶仙人干完这些，看上去很疲惫。汤姆虽然讨厌被仙人召来的这些人，可是他觉得仙人做得太狠了一点儿。汤姆是不知道呀，惩恶仙人也不愿意这样，可这是她的工作，她别无选择。如果世上的人都变得勤劳、善良，富有爱心，那么她就可以不再惩罚什么人，也可以像自己的妹妹一样美丽了。

惩恶仙人对这些狠心的医生、保姆、教师一点儿情面都不留，但是对汤姆却始终很温和，脸上还有一丝宽厚的笑容。这让汤姆心里有了一些勇气，他开口向她问了一个问题：

"你为什么不把那些狠心的师傅叫来，也惩罚惩罚他们呢？这些师傅可坏了！他们在煤矿里敲打童工的脑袋，打铁师傅用铁锤把徒弟的手指头锤扁，还有扫烟囱的师傅对徒弟又打又骂，还不给饭吃，我师傅葛林就是。我在来这里的路上，看见他掉进了水里，后来就不见了，我还以为他也会在这里呢。"

惩恶仙人的脸变得十分严厉，笑容也不见了。汤姆有点儿害怕，后悔自己问了这个问题，惹她生气了。

她只是答道："整个礼拜我都在管他们，他们在另外一个地方，那儿与这里不同，因为他们属于明知故犯的一类。"

她的声音非常平静，但是里面却有什么东西使汤姆从头到脚感到刺痛，好像钻进了一大群海荨麻中间一样。

"但是这儿的人，"她继续说道，"并不知道自己是在做坏事，他们只是愚蠢，缺乏耐心。所以，我只是稍稍地惩罚他们，让他们有耐心，学会像有理智的人一样，运用他们的判断力就可以了。

"对于扫烟囱的孩子、煤矿的童工和制钉的学徒，我妹妹已经派好人去阻止那种事情再发生了。我非常感激她，因为只要她能阻止残酷的师傅虐待可怜的孩子，我变漂亮的日期就可以提前至少一千年。

"孩子，你要学会善良，学做一个好孩子。如果你愿意这样，等下个礼拜我的妹妹福善仙人来了，她就会教你怎样做，在这方面她比我懂得多。"说完，惩恶仙人就走了。

汤姆决心再也不做调皮捣蛋的事了。他对自己说，我一定要做一个好孩子。所以礼拜六一整天，他都表现得很乖，没有和螃蟹胡闹，也没有对珊瑚挠痒痒，更没有把石子儿塞到海葵的嘴里。这一天，他对所有的小生灵都很有礼貌。

到了礼拜天的早晨，福善仙人来了。孩子们见到她，都高兴地拍手跳舞，汤姆也跳着鼓起掌来。

这位美丽的仙人，她的头发和眼睛的那种色泽叫人说不上来，汤姆也说不出。因为当人们看见她的时候，他们能想到的就是，这是他们所看见过的，或者想看见的最美、最善良、最温柔、最有趣、最快乐的一张脸了。不过汤姆看出，她是个身材高挑的妇人，跟她姐姐一样高，可是跟她姐姐不同的是，她不是满身疙瘩，粗糙刺人，而是个皮肤光滑、性格和善的女人。她也最了解小孩子，因为她自己就有许多小孩子，一大群一大群的孩子，到今天还有。她一有空就跟孩子玩，这是她唯一的快乐。她跟孩子玩起来的时候非常体贴。孩子们是世界上最好的伴侣，也是最有趣的伴侣，世界上最聪明的人都是这样想的。因此，当孩子们看见这位美丽的仙人时，全都跑过去抓着她，把她拉到一块石头上坐下。随即有的爬到她的膝上，有的抱着她的脖子，有的抓着她的手。接着，孩子们都把拇指放在自己的嘴里，就像无数的小猫一样，喵呜喵呜地叫起来。那些爬不上去的孩子就坐在沙子上，抱住她的光脚。你知道，在水里是没有人穿鞋子的。

　　汤姆站在一边睁大眼睛望着，不知道是怎么回事儿。

　　"你是谁呀，小家伙？"福善仙人问。

　　"他是新来的孩子。"孩子们替他回答道，"而且他从前就没有妈妈。"

　　"那我来做你的妈妈，好吗？"她把汤姆抱在怀里，放在她身上最柔软的地方，吻着他，轻轻地拍着他，温柔地、轻轻地和他说话。她说的那些事，他从前连听也没有听说过。汤姆仰望着她的眼

睛，爱着她，爱着，爱着，最后，他一下子就在纯洁的爱中睡着了。

等汤姆醒过来之后，他睁开眼睛就寻找福善仙人，她正在给其他水孩子讲故事呢。汤姆没有听清她在讲什么，但看见孩子们都在聚精会神地听。他们已经把拇指从嘴里拿出来了，围在福善仙人旁边，蜷在她的脚下，一动不动地听着。福善仙人的故事中，永远没有悲伤，没有痛苦，她的故事里讲的全都是爱，是互相关怀，是幸福和快乐。汤姆和水孩子们一起听啊听，永远都听不厌。过了一会儿，汤姆又沉沉地睡去了。

他做了一个梦，梦见自己被福善仙人抱着，来到一个仙境一样的地方，她就像妈妈一样亲切地爱抚他。

"你真好啊！"汤姆喃喃地说，心里快活极了。

等他醒来时，看到福善仙人真的在爱抚他。

"孩子，你醒了？"福善仙人轻柔地说，"那么今天就到这里吧，我想我该走了。"

"你不要走！"汤姆叫起来，"从来没有人这样爱抚过我，请你再抱我一会儿吧。"

"不要走，不要走！"其他的水孩子也叫起来，"你还没有给我们唱歌呢。"

"时候不早了，我只能给你们唱一首歌，唱什么好呢？"

"从前丢掉的布娃娃！"水孩子们异口同声地答。

于是，福善仙人便唱起来：

　　从前我有一个好看的布娃娃，

　　她是世上最美的布娃娃，

　　她的脸蛋儿白里透红，

　　她的头发卷曲黑亮。

　　可是有那么一天，

　　我在玩耍时把她丢掉了，

　　泪水浸湿了我的衣衫，

　　布娃娃却一直找不到。

　　有那么一天我去玩耍，

　　居然又看到了我的布娃娃，

　　虽然她已经变了模样，

　　脸上脂粉成了泥巴，

　　胳膊被小牛踩断了，

　　头发也已乱遢遢，

　　可是我是那么爱她呀，

　　她仍是世界上最好的布娃娃。

福善仙人唱的歌就是这样子，孩子们也听得津津有味。

"汤姆！"福善仙人扶着汤姆的肩说，"你一定要做一个好孩子，不能再虐待海里的动物了，好吗？你等着我回来，我还会唱歌给你的。"

"那你还会抱我、爱抚我吗?"

"当然会!我很想把你带走,可是我还有很多事情要做,所以只能把你留在这儿了。"说完,福善仙人走了。

她走后,汤姆真的做起好孩子来了,从此以后他再也不虐待海里的动物,一辈子都和他们友好相处。

看,有一个关心自己的人该多好!那些生活在幸福家庭中,有爸爸妈妈关怀爱护的孩子,可一定要珍惜自己的生活,一定要做个听话的孩子啊!

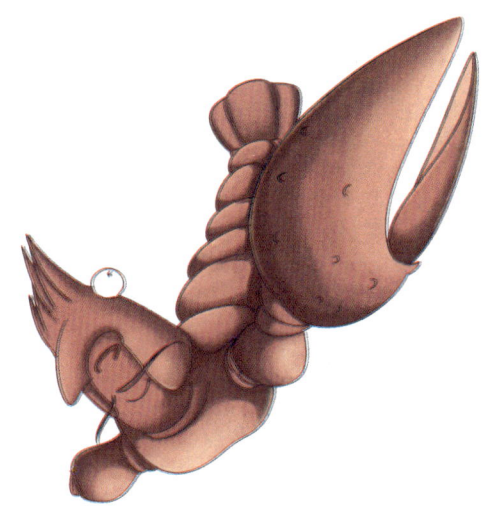

6

逍 遥 国
XIAOYAO GUO

汤姆比从前听话多了，也不捉弄小动物了，那他是不是成了一个真真正正的好孩子了呢？可惜没有。

当一个人生活变得越来越舒适，他可能会放松对自己的要求。结果就会犯错误。我很难过地说，小汤姆现在就是这个样子。他每天在海里快乐地生活，应该是无忧无虑的了，可是他的心中却总是惦记着一件事。自从惩恶仙人给他们带来糖果，他就一直惦记着，每天想着海糖果，别的什么都不想。

他天天盘算着惩恶仙人什么时候会来，能带什么糖，会给他多少。这些事他白天想，晚上做梦也想，如果让他自己变成一粒糖果，他一定会毫不犹豫地答应的。

他开始留心惩恶仙人放糖果的地方，躲躲闪闪地跟在仙人后面，最后终于发现，惩恶仙人是把糖果藏在一个嵌着珍珠的小盒里，放在一个很深的石头缝中。

汤姆的心里像有许多条小虫在爬，他想去拿糖果，可是又不

敢；不去拿吧，心里又馋得慌。就这样过了好几天，汤姆的心里简直没办法再放下别的事了，想着想着，他似乎不害怕了。

一天夜里，当别的孩子都安稳地睡觉的时候，他悄悄爬了出去，来到那个石头缝边，找到了装糖果的小盒。小盒一打就开了。

看到小盒里好吃的糖果，汤姆突然害怕了。他有些后悔，后悔自己不该到这里来。但那漂亮的糖果是一种诱惑，汤姆忍不住伸出手去，"我只尝一块，就一块！"他对自己说，并且伸手就拿了一块。

甜甜的滋味让汤姆觉得有一点儿晕眩，经过了那么多天，他终于梦想成真了。

"我再吃一块，只吃一块，然后就再也不吃了。"汤姆心里发着誓，手就伸到盒子里，接着就有了第三块、第四块、第五块……

小盒里的糖果渐渐少了，看到这些，汤姆想："惩恶仙人会不会来捉我呀？"他心里更害怕了，便一颗接一颗地吃起来，根本吃不出好滋味，最后觉得有些难受了。

"我再吃最后一块就走。"汤姆心里想着，就这样吃下去，结果，一盒糖果都被他吃光了。

惩恶仙人从头到尾都跟在汤姆后面，但她没有说话。

惩恶仙人为什么不把糖果盒锁上呢？不，她从来都不锁，这看上去也许有些古怪，可是她从来就不把盒子锁上。谁都可以去吃,吃了的后果各人自己去承受。

这好像很特别,然而,确实如此。也许她是要人家不要去碰火,但是先得让他们烫一下。

惩恶仙人心里充满怜悯,紧皱着眉头,眼睛睁得很大,好像想要把世界上所有的愁和恨都吸进去似的。

"这个可怜的孩子啊,到底和别人没什么两样。"她自言自语地说,眼睛里似乎还有泪水。

可是汤姆根本不知道这一切,这些都是惩恶仙人对自己说的。她就在汤姆后面看着,什么都没做。

她为什么不打汤姆,抓着他的后脖领子,戳他、揪他、捶他、打他的耳光,最后让他跪在一块冰冷的石头上,反省自己的错误呢?

不,惩恶仙人没有这样做。如果那样,汤姆就会又踢又打又咬,骂一些下流话,那时他又会像从前一样,成为一个顽皮的、没有教养的小孩。

惩恶仙人也可以威胁他,盘问他,逼他招供呀!不,惩恶仙人也没有这样做。那样汤姆就会害怕,就会撒谎,这比汤姆变回一个没有教养的顽皮孩子更糟。只有那些心急的家长才会这么做。他们吓唬小孩儿承认自己的错误,甚至为了让他们说出实情,先要揍他们一顿。结果呢,一切适得其反。

第二天正好是星期五，惩恶仙人像往常一样走了。汤姆胆战心惊地和其他孩子一起去领糖果，真怕惩恶仙人把他叫出来质问他。他更不敢不去，因为如果那样，大家就会怀疑他。在去领糖果的路上，他还担心这一次也许根本领不到，因为糖果早就被他吃光了。

可是一切担心都是多余的，惩恶仙人照样拿出漂亮的糖果来发给大家吃，和往常一样，一点儿都没少。

汤姆感到非常奇怪，觉得这糖果里面一定被人施了魔法，他因此更加害怕起来。

当惩恶仙人给汤姆发糖果时，他的身体颤抖起来。但是仙人只是用眼睛望着他，把糖果递到他手中，什么也没说。汤姆渐渐放下心来，他觉得仙人大概没有发现他做的事，也没怀疑他偷的糖果，所以他放下心来。

可是当他把糖果放到嘴里时，哎哟，真难吃！但是他看到别的小孩都吃得津津有味，自己也就不再声张，勉强把糖果吃了下去，然后赶紧躲到一个角落里，呕吐起来。

从这以后，他一直觉得身体不舒服，浑身难受，结果情绪也被搅坏了，整天都高兴不起来。

又一个星期五到了，惩恶仙人依旧像往常一样给水孩子们发糖果。当她发到汤姆的时候，仍然平静地望着他，但是眼睛里面

却有一种忧郁的神色。

"你喜欢吃糖果吗,孩子?"惩恶仙人语气温和地问。

汤姆点点头。

"那么好好吃吧,汤姆,我下个礼拜再给你带一些来。"

汤姆在惩恶仙人的注视下吃下了糖果,那些糖果还是那么难吃,不过汤姆不敢说什么,还是坚持吃了下去。

汤姆的心情更坏了,看到别的水孩子高高兴兴地玩儿,他却提不起一点儿兴趣。

福善仙人来了。孩子们又叫又唱,把福善仙人紧紧围住。美丽的福善仙人也一个接一个地和孩子们拥抱,亲吻他们,爱抚他们,可是她没有碰汤姆一下。

"你为什么不理我,我也想得到你的爱抚呀!"汤姆难过地说。

"孩子,我很想拥抱你,可是我不能,你身上全是刺呀。"

汤姆低头一看,真的呀,他的身上长满了尖刺!

"好奇怪呀,汤姆,你为什么身上长刺了呢?"水孩子们围过来,好奇地问。

汤姆知道这是为什么,这是他偷吃糖果惹下的祸。可是这些话又怎么能对伙伴们说呢?他只好偷偷地躲在角落里,流下了伤心的眼泪。

这真是难熬的一个礼拜呀,没有水孩子和他玩,他又尝到了孤独的滋味,他的心里盼望着惩恶仙人快点来,他觉得自己非常难过,他想和惩恶仙人说说心里话。

惩恶仙人终于又来了,还是给孩子们发糖果。但是汤姆这一次没有把糖果吃下去,他扔掉了糖果,大声说:"不,我不吃,我再也不吃糖果了!"说完就放声大哭起来。一边哭,一边把自己偷糖果的事老老实实地告诉了惩恶仙人。

"你惩罚我吧,我做了错事。"汤姆说。

可是惩恶仙人并没责备他,却微笑着将他抱起来,吻了他一下,惩恶仙人的皮肤很粗糙,可是汤姆却觉得这一吻非常亲切。

"孩子,你不必受到惩罚,我原谅你了。"惩恶仙人说,"一个人只要愿意讲出真话,敢于承认错误,就会得到我的原谅。"

"我不愿意身上长这么多刺,你能帮我把它拔掉吗?"

"噢,汤姆,这我办不到。这些刺是你自己弄上去的,只有你自己才能拔掉。"

"我不知道该怎么办呀?"汤姆一听这些刺还要长在自己身上,着急地哭起来。

"汤姆,你已经长大了,该去读书了。我给你带一位老师来,她会教你怎么除掉身上的刺。"

"不,我不要老师,她一定会拿戒尺和小棍子打我的。"

水孩子

"噢，孩子，并不是所有老师都爱拿戒尺打人的。你不要害怕，等她来了你就会喜欢了。"

没过多久，惩恶仙人就带了汤姆的老师来，这是一位美丽的小姑娘。她低着头，一头长长的金色鬈发披在肩上，汤姆也低着头，把手放在嘴里，不好意思看她。

"这是汤姆！"惩恶仙人对小女孩介绍道，"你要好好教他，教他做个好孩子，不管你愿不愿意。"

"我会的。"小女孩依然低着头，可是看她的样子，好像并不太情愿似的。惩恶仙人又嘱咐了他们几句，就离开了。

小姑娘站在那里，好像不知道该怎么做汤姆的老师。

"呜——"汤姆站在那里大哭起来，"你快点儿教教我，把我身上的刺治好吧！我现在这个样子，没人和我玩儿。"

小姑娘见汤姆哭了，立刻慌张起来，走过去拉住他的手，说："你不要哭，我教你好了。"

于是，小姑娘每天给汤姆上课，就像人世间的父母教小孩子一样。她不像现在的老师要汤姆学许多许多的生字，她的课程有趣多了，她不光教汤姆学知识，还教汤姆友好地对待他人，教汤姆关心他人，教汤姆去爱。

时间一天天过去了，除了星期日，她每天都和汤姆在一起。星期日的时候，就由福善仙人来代替她。没过多久，汤姆身上的刺就渐渐消失了。汤姆觉得很快乐,学得也更起劲了。最后,汤姆的皮肤又像从前那样光滑了。

在所有的尖刺都消失的那一刻,小姑娘瞪大了眼睛:"我认识你了,汤姆!你就是那个跑到我卧室里的扫烟囱的小孩儿!"

"你就是躺在床上的那个穿白衣服的小姑娘?"汤姆瞪大了眼睛,"我没有认出你啊,其实我在海里还见到过你呢!"汤姆确实没有认出这个做了他这么长时间老师的小姑娘就是约翰爵爷家的爱丽小姐。因为她来到这个水世界之后,长大了,也变漂亮了。再说汤姆还是个小孩子,有那么多事吸引他,他有点儿忘记爱丽了。

两个人都很高兴,就像在异乡碰到了久别的老朋友。他们坐在那儿,各自谈着自己的遭遇,聊了好久好久,话好像说也说不完。

这样一来,学习更是一种有趣的事了,两个人每天学呀学,一晃就过去了七年。

每当和爱丽在一起的时候,汤姆总是很开心,可是他心里藏着一个疑问,让他一直放不下:每到礼拜天,爱丽都到哪儿去了呢?

最后,他终于忍不住了,问道:

"爱丽,你每个礼拜天都去哪里啦?"

"是——是一个非常美丽的地方。"爱丽充满向往地说。

"有多美呀,爱丽?"

"嗯——我说不上来。汤姆,真的,就是一个特别好的地方。"

"那你告诉我,那个地方在哪儿?"

"我不知道,反正它比世界上所有的地方加起来还要好。"

听爱丽这么一说,汤姆更加好奇了。

"爱丽,为什么每个礼拜天你都要回去?我为什么不能和你一起去?如果你不告诉我,我就不停地追问你,一直到你说出来为止。因为我是真的想知道呀!"

"可是汤姆,我不知道该怎么回答你,你得问惩恶仙人。"

于是汤姆就盼着惩恶仙人快点儿来,好快点儿解开他心中的疑问。终于又到了一个礼拜五,惩恶仙人来了。

"为什么我不能和爱丽一起去呢?"他一见到惩恶仙人就忍不住问。

"那个地方不是所有人都可以随便去的,孩子!你现在只能和海里的动物玩,还没有资格到那里去。"

"怎么样才能有资格呀?"

"要想到那里去,就必须先完成一系列的事情:去他们不喜欢的地方,做他们不喜欢做的事,帮助他们不喜欢的人。"

"噢?爱丽也做过这些吗?"

"你问爱丽去吧。"

站在一旁的爱丽脸红了,但是她很坦白地说:"是的,汤姆!

122 水孩子

最开始我并不喜欢到这儿来,因为在家里我过得很舒服、很快乐,而且开始时我也有些怕你,因为,因为……"

"因为我身上长满了刺,我知道。"汤姆说,"可是现在我已经没有了。"

"是的,我现在非常喜欢你,而且也喜欢这个地方。"爱丽真诚地说。

一直听他们谈话的惩恶仙人这时开了口:"汤姆,你愿意像爱丽一样,到你不喜欢的地方去,并且帮助一些你不喜欢的人吗?"

汤姆低下了头,半天没有回答。他还拿不定主意,不知道自己能不能像爱丽一样做得那么好。做自己不喜欢做的事,那一定很难受的呀!而且汤姆似乎知道自己会去干什么,他很不情愿。

惩恶仙人没有再说什么,像往常一样走了。

又一个礼拜天到了,爱丽回家去了。汤姆觉得心里很难过,一整天都闷闷不乐。他不愿意和其他的水孩子玩儿,一个人躲在角落里伤心地流泪。福善仙人来了,给孩子们讲了许多关于好孩子的故事,可是汤姆听了这些,却变得心事重重。因为这些故事里的孩子,都在做自己并不喜欢的事,他们辛辛苦苦地工作,养活无依无靠的弟弟妹妹,整天奔波操劳,而不是自由自在地玩耍。

为什么好孩子这么难做呀?有没有轻轻松松就做好孩子的办法呢?汤姆很不开心地跑开了。

等爱丽回来的时候，汤姆觉得不像以前那么自然了。他怕爱丽小看他，怕爱丽认为自己是个不肯吃苦的胆小鬼。所以和爱丽在一起的时候，他就显得很烦躁，还和爱丽发了脾气。

"你怎么啦，汤姆？你今天同往常不一样！"爱丽非常奇怪。

"我没有和往常不一样，我没有变，我和从前一样！"汤姆听了这话，更加确认爱丽对自己的态度不一样了，因此难过得哭起来。

"不要这样，汤姆！你为什么要哭？你有什么伤心的事，快告诉我好吗？"

汤姆呜呜咽咽地哭了一会儿，终于下定决心，说："爱丽，我在这里很不开心。我想好了，就去我不喜欢的地方。你跟我一起走好吗？"

"噢，汤姆，"爱丽叫起来，"我也想和你一起去，可是不行。惩恶仙人说了，如果你要去，只能一个人去。"

汤姆一听，感到很失望。他随手拿起一只螃蟹，左摇右晃，心情十分沮丧。

"你不要弄这只可怜的螃蟹了，汤姆！不然惩恶仙人又要责罚你了。"

汤姆这时也觉得自己很淘气，就把已被晃得晕头涨脑的螃蟹放下来，难过地说：

"我知道惩恶仙人要我去做什么,爱丽。她要我去找那个可怕的老葛林,我一点儿都不喜欢他。而且如果我找到他,他一定会再一次让我变成扫烟囱的小孩儿。那样在烟囱里钻来钻去地生活,我可是一天都不想过,真是太苦了。"伤心的眼泪再一次从汤姆眼中流出来。

"不,他不会那样的,而且他也不能,这个我敢向你保证。没有人能把一个要学好的水孩子变成扫烟囱的小孩儿,谁都不能伤害他。"

"爱丽,你不要劝我了,你这么说是不是希望我快点儿走?你是不是讨厌我了?"

"汤姆!"爱丽吃惊得睁大了眼睛,"你怎么会这样想,我一直都很喜欢你呀。"

汤姆抹了抹眼泪,抬起头想再说什么,可是爱丽突然不见了。

"爱丽,爱丽,你在哪儿?"

"汤姆,我看不见你呀!"汤姆听到爱丽呼喊他的声音,但是看不见她的人影,渐渐地,爱丽的声音也越来越小,最后消失了。

汤姆慌了,他在石头中间游来游去,四下寻找着爱丽。他大声叫喊,可是没有回答。他寻问其他的水孩子,可他们全都没有见过她。汤姆害怕极了,他浮出水面,大声叫起惩恶仙人。

惩恶仙人很快就来了。

水孩子

"我把爱丽害死了！"汤姆说，"我伤了她的心，我害死她了！"

"不要担心，汤姆，爱丽没有死。"惩恶仙人说，"我把她送回家了。"

汤姆的眼泪又涌上眼眶，"你把爱丽送走了，真狠心！我一定要找到她，不管走到哪里我都要找到她！"

惩恶仙人听了汤姆的话并没有生气，反而轻轻地把他抱在膝上，温柔地爱抚着他。"汤姆，你不要怪我狠心，有些事不管我心里愿不愿意，我都要去做。"她用手碰了碰汤姆的脸颊，"你不能总当一个小孩子，如果你打算将来做一个大人，你就该趁着现在出去见见世面了。你必须一个人去，因为谁都不会跟着你一辈子。你需要用自己的眼睛去观察，用自己的脑袋去想，自己独立去做事。"

"可是，如果有了困难该怎么办？"

"你必须自己去解决，这样你才能长大。一个人只要勇敢、诚实、善良、勤奋，他就会克服掉困难，也会发现这个世界是一个可爱的世界。不要害怕什么，只要你按着爱丽和我们教你的去做，做一个好孩子，就没有什么能伤害你。"

汤姆似乎听懂了，"我知道，我现在就去。可是在走之前我真想再见爱丽一面呀！"汤姆说。

"你为什么要见她?"

"我说了让她伤心的话,我想请求她的原谅。如果她肯原谅我,我就会高高兴兴地走,再没有什么心事了。"

他的话音刚落,就见到了微笑着的爱丽。

"我要走了,爱丽,我愿意去。可是刚才我说了那么难听的话,你能原谅我吗?"

"我没有生你的气,汤姆。我知道你心里很烦,我很想帮你。"

"谢谢你,爱丽。我知道路很远,可是即使到天边去,我也不怕。"

"这就对了,你真是个勇敢的孩子。"惩恶仙人说,"要想找到葛林先生,你确实要走得比天边还远,因为他在天外天。"

"我要怎么走啊?"汤姆问。

"你要一直往北去,先找到光辉城,然后到达北极的和平池,在那里找到护持婆婆。护持婆婆会告诉你上天外天的路,你就会找到葛林先生了。"

"可是,去光辉城的路我也不知道呀!"

"汤姆,你不能害怕麻烦。没有什么事是一帆风顺的!你要学会自己去问、去闯,这样才能长大。你去问问海里的动物和天上的飞禽,只要你对它们友好、讲礼貌,它们当中就会有几个告诉你

去光辉城的路。"

"那我要赶快动身,因为我已经是个大孩子了,我要去外面闯一闯。"

"汤姆,你一定能行的,我等着你回来。"爱丽说。

汤姆很想和爱丽拥抱一下,可是他觉得爱丽是个小姐,这样有点儿唐突,所以犹豫了一下,他还是没敢动。

"我走了,爱丽!"汤姆说。"即便是走到天边,我也要去。其实说心里话,我一点儿也不愿意走。"

"哼哼,你会愿意的,你这个家伙!"仙人说,"而且你心里清楚,即使你不愿意,我也会使你愿意。汤姆,你到我这里来,看看那些只顾随心所欲做事的人到底是什么下场。"

仙人从石缝中间的一个柜子里拿出一本非常神奇的防水书,里面全是他们从来没有见过的照片。不错,就是照片,在很久很久以前,她就发明了照相这玩意儿,她的照片都是彩色的,像蝴蝶的翅膀、孔雀的尾巴,都会活灵活现地展现出来。她的照片这么特别,这么有名,只要把书打开,孩子们都争先恐后地看。

这本书的第一页是这么说的:"从前有一个逍遥国,这个国家很伟大,也很出名。他们是从勤苦国分出来的,勤苦国里的人勤劳能吃苦,逍遥国里的人喜欢自在,他们最喜欢做的事就是弹琴。"

在第一张照片里,他们看见逍遥国人就住在乐天山脚下,从不工作，山上种满了一种叫懒果的植物。

他们不盖房屋，都住在美丽的岩洞里，每天要到温泉里洗三四次澡。那里的天气非常暖和，所以他们穿的也很少，男人就穿一件短裤，头上戴一顶尖尖的帽子，到处跑来跑去。女人都是在秋天采集一些蜘蛛网来做她们的冬衣。

他们都非常喜欢音乐，但是不管是学钢琴还是小提琴，他们都嫌太麻烦。他们也不喜欢跳舞，身体蹦来蹦去、转来转去，实在太累了。他们就愿意整天坐在蚂蚁山上弹琴。如果蚂蚁跑过来咬他们，他们也不会碰一下蚂蚁，因为他们懒得应付，所以他们会起身搬到旁边的蚂蚁山。如果这样的事情还要发生，他们就再挪个地方。

他们坐在懒果树下，要等那些懒果落到嘴里。他们坐在葡萄树下，把葡萄挤汁喝。他们还会等到小猪烤熟了，自己跑过来请求他们吃自己的时候，他们才张开嘴，还要等小猪凑过来，才会咬一下。

他们的国家里也没有军队、兵器，因为他们从来没有碰到过任何的敌人，从来没有人侵略过他们的国土。他们也不需要什么工具，因为根本用不着他们劳动。一切都是现成儿的，拿过来就用。那位非常严厉的生计老仙人从来都没有批评过他们，或者强迫他们站起来，命令他们动动脑子，或者对他们发脾气。

132 水孩子

他们就这样舒舒服服地生活着，不用劳动，不用付出，想做什么就做什么，逍遥自在。

"这样的日子该有多快乐呀！"汤姆说。

"你是这样认为的？"仙人说，"不过你注意到后面的那座大山了吗？山顶上正冒着烟。"

"看见了。"

"那你看见山脚下那些灰烬和火屑了吗？"

"看见啦。"

"那你就再往后看看吧！看看五百年之后到底发生了什么事。"

汤姆于是翻到下一页，他吓了一跳，照片上的场景真是十分凄惨。那座山峰像火药桶一样爆发了，岩浆四处翻滚。山峰爆发的时候，逍遥国三分之一的人被炸得飞上了天，岩浆翻滚的时候，另外三分之一的人被烧成了灰烬，只有剩下的三分之一的人，幸运地活了下来。

"瞧瞧吧！"仙人说，"如果选择住在火山上，就要承担这样的结果。"

"好可怜，你为什么不警告他们呢？"汤姆问。

"我当然警告过他们，而且想尽了办法。我把烟从火山口里引出来，就是想告诉他们，有烟的地方总是有火的，希望他们警觉。我还在他们的住处到处洒满灰烬和火屑。只要有火屑，就可能再有火。可是他们编了一段神话，说这些烟是一个人吐的气，是什么神当年将他埋在山下面的。那些火屑是什么矮人烤小猪撒下的，还有其他荒唐的话。碰到这样的人，我还能有什么办法呢？除非用棍子狠狠打一顿。"

接着他又翻了五百年，看见逍遥国人仍旧像从前一样随心所欲地过活。他们非常懒，尽管已经发生了那样的惨剧，他们还是不肯离开。他们的理由是，既然火山已经喷发过一次，绝对不会再喷发第二次了。因为这次灾难，他们的人也变少了，不过对这一点他们非常坦然。他们说："人多热闹，人少好过。"

事实上，他们的日子并不好过，因为所有的懒果树都烧死了，而且所有的烧猪都被他们吃光了，这些烧猪自然不能指望生出小猪来。因此他们不得不生活得很艰苦，用树枝扒地里的草根和干果吃。有些人谈起种稻子的事，就像他们的祖先那样。可是在这么多年舒坦的生活里，他们没有摸过任何工具，根本不知道这件事怎么做。更何况，很多年前从勤苦国带来的稻种，早都被他们吃光了。哪个人愿意离开逍遥谷，到外面去找稻种呢，那太麻烦了。所以，他们就靠草根和干果度日，日子过得异常艰难。很多小孩子饿得瘦骨伶仃，最后都死掉了。

"真是悲惨啊，"汤姆说，"他们变得和野人差不多了。"

"你再看看后面吧！看看他们变成了什么样。"爱丽说。

没有了烧猪，没有了懒果，他们只靠少量的蔬菜维持生活。渐渐地，他们的下巴变大了，嘴唇也变厚了。

爱丽又翻了下去，翻过五百年。他们看到，逍遥国的人这时全住在了树上，在树上做巢来躲避风雨。树下面有许多狮子在觅食。

"快看，"爱丽说，"这些狮子好像吃掉了许多人，现在他们的人更少了。"

"你说得没错，"仙人说，"其实你看到的只是一部分人，他们是最强壮和最敏捷的，能够爬上树去，所以才躲避了狮子的攻击，保住了性命。"

"可是他们都有宽肩厚背，多么雄壮的家伙啊，"汤姆说，"我从来没有看见过这样粗壮的人呢。"

"是的，他们现在变得非常强壮了。那里的女子只嫁给最强壮、最凶猛的男子，因为只有他们能够帮助她们爬上树去，逃出狮子的灾难。"

照片又被翻过了五百年。他们看到，逍遥国的人变得更少了，而且他们的相貌也变得更加强壮凶恶。最引人注意的是，他们双脚的形状变得非常古怪，能够用大脚趾钩着树枝，就好像手指一样。

"这是你让他们变成这样的吗？"两个孩子看了都非常诧异，他们忍不住问道。

"怎么说呢？似乎是我，也似乎不是我，"仙人微笑着说，"因为只有那些能够运用自己的脚如同使用手一样的人，才能活下去，或者才能娶到妻子，所以他们就占到这种便宜，让其余的人都饿死了。这样，剩下来的人就经常保持一种大脚趾像大拇指的特点。"

"可是他们里面有一个身上有毛呢。"爱丽说。

"你说得对！"仙人说，"这个人将是他这个时代的伟人，而且是各个部落的酋长呢。"

接着他又翻过五百年，情况果然像仙人说的那样。那时的气候已经变得非常潮湿，只有有毛的人能够活得了。其余没有毛的人都伤风咳嗽，喉咙发痛，男的女的没有等到成年，就都得了痨病。那个毛酋长生了许多毛孩子，这些孩子又生出毛更加多的孩子。于是人人都愿意嫁给毛丈夫，而且生育毛孩子。

仙人又翻过五百年。里面的人更少了。

"你快看，太奇怪了，这里有一个人在地上找树根吃呢！"爱丽对汤姆说，"他已经不能直起身子走路了。"

他的确不能了，就同他们的脚变了形状一样，他们的脊背也变了形状了。

"他们根本不是人了,"汤姆叫,"他们是猿猴啊。"

"这些可怜的蠢东西啊,他们跟猿猴有什么区别呢?"仙人说,"他们现在已经变得十分愚笨,脑子已经不能思考了。这是由于他们几百年几千年来都没有动过脑筋的缘故。他们也几乎忘记了怎样说话了,因为从父母那里学到的语言,每一个愚蠢的儿童都要忘掉一点儿,而且他们又没有本领自己创造新语言。不但如此,他们变得非常凶恶、野蛮、多疑,所以互相不说话,各自在黑暗的森林里生闷气,谁都听不见对方的声音。以至于到后来,他们简直忘掉了什么叫语言,恐怕他们不久就要变成猿猴了。这都是由于他们只做自己喜欢做的事情,才弄到这种地步。"

再过五百年,他们全都死尽了,有的由于吃了不合适的东西,伤害了身体,有的被四处出没的野兽吃掉,有的被猎人杀掉。最后,逍遥国只剩下一个身材高大的老家伙,下巴长的就像皮鞋,站在那里足足有七英尺高。

有一位猎人出来打猎,看见他站在那里一边怒吼,一边捶打自己的胸膛。猎人立刻掏出猎枪,扣动了扳机,这个老家伙应声倒下了。这个时候,他相信自己的祖先也是人类,他非常想对猎人说,我也是人,也是你的同类啊。可是他早就忘了人类的语言，什么话也说不出来，他非常想叫人请一位医生，可是连医生这个词儿也早就忘记了。于是这个可怜的逍遥国的最后一个人，就这样呜呜地叫着死去了。

那个无忧无虑、快活自在的逍遥国，就这样消失了。

汤姆和爱丽把书读完时，两个人的脸上都呈现出严肃而又悲伤的表情。

"为什么你不帮一帮他们呢？如果你帮了他们，他们就不会变成猿猴了。"

"开始的时候，我是可以帮助他们的。如果他们能像人类那样，不管自己喜不喜欢，该做的事都肯去做，我当然可以救他们。但是这么长时间以来，他们只愿意做自己喜欢做的事，就像那些不会说话的动物那样，不愿意用头脑思考任何问题，因此变得越来越愚蠢，越来越笨拙，长得越来越丑。你们有没有想过，为什么会这样？所以这样的人，真是无药可救啊！"

"你能告诉我，他们现在在哪里吗？"爱丽问。

"当然是在他们应该在的地方，亲爱的。"仙人严肃地说，"有人说我能够把野兽变成人。有的时候确实是这样，不管他们以前是什么，现在他们成为了人。我能对他们说的就是，他们一定要像人一样，做人应该做的事。既然别的什么野兽可以变成人，那么人也同样可以变成野兽，世界上的一切都是这样，如果有进化，就一定也有退化。如果我能把野兽变成人，我也就可以把人变成野兽。小汤姆，你就有一两次几乎变成野兽呢。说实话。如果你不下决心去走一趟，看看世界，我就不敢保你会不会变成池子里的一条水蜥呢。"

"天哪！"汤姆说，"我还要快些出发，我立刻就走，便是到天边也去。"

我们的汤姆就这样带着几分留恋、几分勇气和几分对未来的胆怯，走上了他的成长之路。

让我们跟着他一起去看看吧！

寻找护持婆婆
— XUNZHAO HUCHI POPO —

汤姆一碰到海里的动物,便向它们打听去光辉城的路,可是大家都摇头说不知道。

汤姆又游到海面上,向在空中飞翔的鸟儿询问,它们一边扑扇着翅膀一边说:"光辉城?我没听说过呀!"

汤姆并没有灰心,他想,也许我现在离光辉城太远了,所以这里的鱼呀、鸟呀都不知道。

有一天,他在海里游着,忽然一条船从他身后驶过去,一边行驶一边从船后冒着黑烟。那是他见过的最大的一条船。汤姆看得很奇怪,怎么没有帆它还能在海里跑啊?有一群海豚追逐着汽船,汤姆就向它们打听去光辉城的路,可它们摇摇头,都说不知道。汤姆发现这条船的船尾有一个螺旋推进叶,高兴得不知怎么样才好,追着船尾玩儿了一整天，还差点儿被螺旋桨打到了鼻子。一直到太阳偏西，汤姆才想到该起身了。

他把头伸出海面，看到船尾的甲板上站着一位美丽的夫人，怀里抱着一个小孩儿，正轻柔地为小孩儿唱着歌。那歌声低沉而美妙，汤姆简直听呆了，于是就不由自主地一直追随着汽船。

美丽的夫人把海里的海豚指给她的小孩儿看，那孩子一眼看见了汤姆，嘻嘻嘻地笑起来，还伸出了胖胖的小手，踢动着两只小脚，好像要跳到水里去似的。

"你在看什么，乖乖？"那位妈妈问，眼睛也向海中望去。最后，她发现了在白色的浪花中游泳的汤姆。

"噢，海里的孩子！好快乐啊！"她亲切地看着水面，还冲汤姆摆摆手。一直到暮色笼罩了海面，汽船在暮色中渐渐消失，汤姆才停了下来。他觉得那美丽的夫人和她的小孩儿是那么亲切，那么和善，他打心眼儿里喜欢她们。

一只鲱鱼和汤姆并肩而行，它是一个老绅士，穿着古怪的衣服，长相很丑，不过却彬彬有礼，谈吐礼貌而周到。汤姆向他打听去光辉城的路。

"年轻的先生，我给你提个建议吧！如果你想知道去光辉城的道路，就去独孤礁上问问大海鸦太太吧。她出身于一个古老的部落，在世上活了好多好多年了，很多年轻一辈不知道的事，她都知道。"最后鲱鱼先生还详细地告诉他找大海鸦太太的路径,并提醒他说:"你会飞吗?如果你会的话,我劝你最好在海鸦太太面前只字不提,她最讨厌会飞的动物了。"

"没关系,我本来就不会飞,不会惹她生气的。"汤姆心里快活极了,走了许多天,终于有了希望,可以打听到去光辉城的路喽!

汤姆一边快活地哼着歌,一边向西游去。一大群鳕鱼从他身边游过,他大声地打着招呼;几只海豚从他身边游过,他亲切地向它们问好。一路上他始终情绪饱满,同碰到的所有的海中动物打着招呼,把自己快乐的心情传递给他们。

七天七夜过去了,汤姆终于见到了那只大海鸦,独自一个孤零零地站在独孤礁上。她是一个神气十足的老太太,身材高大笔挺,穿一件黑色的丝绒长袍,戴着白帽子、白围裙,高高的鼻梁上架着一副白边眼镜。她像一个生活在旧时代的贵妇人,又古怪又庄严。

一看到这位海鸦太太,汤姆就明白为什么鲱鱼先生提醒他不要说"会飞"之类的话了。因为这位老太太没有长会飞的翅膀,只长了两只带羽毛的短胳膊。"天气好热呀!"她一边抱怨,一边又把带羽毛的胳膊当成扇子,不停地扇动着。

汤姆恭恭敬敬地走到她面前,鞠了一个躬。

"你有翅膀吗?你会飞吗?"她一张口就这样问。

水孩子

"我没有,太太!我也不会飞,这些我连想都没想过。"汤姆机灵地说。

"噢——"老太太眉间立刻有了笑意,"这我倒是很愿意和你谈谈,年轻的先生!如今能见到没有翅膀的东西真让人高兴。哎,现在的鸟,都非要长一双翅膀不可,都你争我抢地要飞,真搞不懂它们这样到底是为什么?"老太太好像遇到了一位知心人,要赶快发泄她对新生事物的不满,因为她出生在一个非常古老的时代,那时的鸟类都没有进化到现在这样,所以看到如今的海鸥、海燕自由地飞来飞去,这只大海鸦太太非常看不惯。"它们本来是顶可怜的小东西,居然也长出翅膀来了,你说说,现在是什么世道啊!"

汤姆一心想知道光辉城的事,可是老太太却滔滔不绝地讲下去,他根本插不上话。一直等她讲累了,说得上气不接下气,又扇起风来,汤姆才开了口:

"太太,您知道去光辉城怎么走吗?"

"光辉城吗?还有谁比我更清楚的?几千年前,我们全是从光辉城来的。那时的天气相当凉爽,正适合上流人士的胃口。可是现在天气是这样热,再加上这些下流的长了翅膀的东西飞上飞下,碰到什么都吃,连女士们的打猎也被它们破坏了。一千年前,那些人远在一英里之外望见你,就会避开的。现在,只要你出去觅食，或者离开这块礁石，就有撞见这些人的危险。我说到哪儿去了？乖乖，我们的日子真是一天不如一天了，现在除了姓氏之外，什么也没有了。我是我家里最后剩下的一员。当我年轻时，我和我的一个朋友一同来到这块礁石上住下，为的是不要再撞见那些下流东西。过去我们是个大国，所有北方的岛屿都被我们的人布满了。可是人类拼命射击我们，敲我们的头，取我们的蛋。唉，说来也许你不相信，他们说在拉布拉多海岸，那些水手时常在礁石上放一条木板搭在他们叫作船的上面，就这样把我们成百上千地赶上船。赶得我们一堆堆全跌进船中间去。然后他们还会把我们吃掉，那些可恶的家伙！咳，可是……我又讲到哪儿了？

最后，我们的家族就几乎一个也不剩了，只有海鸦峰上面还有些。即使是在那里，我们也不能安身。有一天，那时我还是个年轻的女孩子，地忽然摇动起来，海水沸腾起来，天变得乌黑，空气里充满烟气和灰尘，那座大海鸦峰一下子就坍在海里。那些海燕和海雀当然飞走了。可是我们太骄傲了，不屑于这样做。有些跌得粉身碎骨，有些淹死了，剩下的逃了出来。后来海雀告诉我们，它们也全都死掉了，现在住在这里的就剩下我孤零零一个了。"

汤姆听着大海鸦讲述自己的身世，很同情地说："你们要是有翅膀，就不会遭受这么多苦难了。"

"翅膀？我们是有身份的家族，怎么会随便放弃我们的传

统！"

汤姆见这位古板的老太太听不进自己的话，便不好再说什么了，"太太，您告诉我去光辉城该怎么走啊？"

"光辉城，亲爱的先生，你还是走吧、走吧！我现在脑子已经完全糊涂了，我记不清这些事了，我不知道该怎么说。你要想打听清楚，还是去问问那些长着翅膀的下流东西吧！"

汤姆一听，沮丧极了，说来说去，这位老得不能再老的大海鸦居然记不清去光辉城的路！那他该找谁去问呢？

可怜的大海鸦太太开始哭起来，流出来很多清油似的眼泪，弄得汤姆很替她伤心，而且也很替自己伤心，因为他再也想不起来该去问谁了。

这时，一群海燕飞过来，和汤姆打招呼。它们都很漂亮，说起话来语气温柔，彼此之间又体贴又和气，汤姆同它们一见如故。

"你们知道光辉城吗？我想到那里去呢。"

"光辉城？你真是问对了。我们都是护持婆婆的儿女，她派我们出来周游四海，指引善良的鸟回家。我们给你指路吧！"

汤姆真觉得是喜从天降。

"那我们现在就走吧！"他着急地说。

"噢，现在还不行。我们还要去水禽国，因为那里要开水禽大会。我们要问清楚有多少鸟要到光辉城去,那里是它们的天堂和乐园,我们必须给它们指点回家的路。"海燕说。

"那我跟你们一起去行吗?"

"可以。不过你必须答应我们,对谁都不会说出水禽国的地点!否则的话,人类就会找上门去,大肆射杀,还会把它们制成标本,放到博物馆去,那样的话,这些鸟就遭殃了。"

"是啊!"另一只海燕说,"护持婆婆的水中花园才是水禽们的乐园,才是它们生儿育女、嬉戏游乐的地方呢。"

"好的,我绝不会说出去。"汤姆郑重地点头答应。

海燕们于是带着汤姆来到了水禽国,他们来得早了点儿,只看见一些毛头鸦在岸上的洞穴里聚会。这些毛头鸦是一群讨厌的东西,它们吃松鸡,啄松鸡蛋,甚至还敢吃绵羊的眼睛,而且为这些本领非常得意。

此时,它们正聚在一起,夸耀自己的本事,一副神采飞扬的样子。

一只美丽的雌鸦在里面显得很不合群,因为它没有什么值得炫耀的,而且还说:"我从来没偷过松鸡蛋,我不愿意这么干。"

这下可把其他毛头鸦惹火了,全都过来围攻它。

"你不配做一只毛头鸦!"

"居然说不愿意偷松鸡蛋,真是个异类!"

"我们应该审判它,把它驱逐出去!"

所有的老鸦都跑来踢它、咬它,这只雌鸦也不争辩,任由它们羞辱责骂。汤姆看得太生气了,奋力游过去,打算把这只美丽又善良的雌鸦救下来。但是这一切都被仙人看在了眼里,她把这只雌鸦抱起来,给了它九套可以任意更换的羽毛衣,让它变成了一只最美丽的鸟,到生产丁香和豆蔻的香料国去享受最美的生活。而那些讨厌的老鸦,却在吃了一条死狗之后,全都中毒死掉了。这是惩恶仙人对它们的惩罚。

汤姆看到这一切,心里真高兴。他想,从前爱丽教我的一点儿都没有错呀!善良的人一定会有好报,而残暴人都没有好下场。我还要努力,一定要做个好孩子,好早一天找到葛林先生,早一天回到爱丽那里去。

第二天,水禽大会开始了,成千上万的鸟从四面八方飞来,把天都遮黑了。天鹅、彩鸭、海鸭、企鹅、水鸥、小海雀、弯嘴鹅、大鲣鸟,还有许许多多说不出名字的水禽,全都聚在一起。它们在海中游水,在沙滩上歇息,用嘴巴修理身上的翎毛,剔掉的羽毛把沙滩都铺成了纯白色。

这是它们水禽最最重要的聚会,很多久别重逢的朋友在一起叽叽喳喳说个不停,商量着夏天去哪里孵雏,去哪里度假,那嘈杂声十里之外都能听见。

汤姆一会儿游到这个身边听听，一会儿游到那个跟前看看，觉得既新鲜又有趣。而此时，那些海燕却在向鸟们打听，看谁能带汤姆到光辉城去。结果鸟们有的要去冰岛，有的要去挪威，有的要去格陵兰，就是没有一只到光辉城的。

"唉，没办法啦，只好由我们带你一段了。不过我们只能带你到北冰洋的詹姆恩岛，到那儿以后就得你自己想办法了。"善良的海燕说。

后来，所有的鸟都散了，天空又被成群的鸟遮住。它们结成一队队、一行行，向各自的目的地奔去，同时不住地鸣叫，向即将分手的朋友告别。那个时候，水禽国就像有一万口钟一齐敲响，声音轰鸣，响彻云天。

汤姆和那些海燕一起走了。游了没多久，海面上刮起风来，一阵强过一阵，最后竟狂啸起来，大风卷起海水，巨浪滔天，海面上风雨混成一片，辨不清哪里是水、哪里是天。不过这些对海燕和汤姆来说并不算什么，他们顺着风向前进，汤姆跟随着海燕，时而还在浪尖上飞过，像鱼一样跃起落下，开心极了。

可是后来，他们发现了一件可怕的事情。一条船在暴风雨中出了事，海水已经浸没了船身，桅杆倒在水里，倾斜的甲板上一个人也没有。

海燕哀鸣着绕船盘旋，很伤心，汤姆爬到船上，觉得又害怕又凄惨。突然,他发现有什么东西在水里漂着,就快速游了过去。在船舷下面,用绳子系着一只摇篮,一个婴儿正在里面沉睡着,就是汤姆看到的在船上的那个小孩儿呀!

汤姆用力摇着摇篮,想把小孩儿摇醒。可是突然间,从摇篮底下跳出一只黑黄相间的小狗来,冲着汤姆不停地叫,不让他靠近摇篮。汤姆想把小孩儿救下来,想把小狗赶跑,于是他和小狗打了起来。正在这时候,一个浪头打过来,把汤姆、小孩儿和小狗都卷到了水里。

在水中,汤姆看到仙人们把小孩儿和摇篮轻轻抱下去,孩子在摇篮中依然沉睡着,面带微笑。汤姆放心了,他知道在白兰登岛上又要新添一个水孩子了。

那只小狗在水里踢了一阵,大声打了一个喷嚏,一下子全身的毛都不见了,变成了一只可爱的水狗。从此以后,它就跟随着汤姆一起到天外天去,一路上成了汤姆最忠实的伙伴和朋友。

海燕们说的詹姆恩岛到了。岛上云雾缭绕,十分美丽。

在海中,他们碰到了一群海鸥,于是海燕们说:"这些家伙会给你指路的,我们不能再带你向北走了。前面都是浮冰,会把我们的脚趾冻坏的。"

"嘿,馋嘴的家伙!你们把这位先生带到护持婆婆那里去好吗?"

海鸥们正在争着吃一只死鱼,听到海燕的话,很不高兴:

"我们是爱吃,可是你也该有礼貌呀,别老拿护持婆婆吓唬我们。"它们看了看汤姆,问:"这个小家伙是干什么的?"

"我要到天外天去找我从前的师傅葛林。我要帮助他变成一个好人,一个善良的人。"汤姆说。

一只胖胖的海鸥似乎很欣赏汤姆:"真是个不错的小伙子,一个人跑这么远的路。那么跟我们来吧,我们带你到光辉城去。"

走了一段,海面上全是浮冰,一直漫延到好远好远,汤姆已经能看到浮冰尽头的光辉城,在风雪和云雾的掩映中屹立着。那些浮冰在波涛中上下滚动,一些巨大的冰块互相碰撞,发出震耳的声响。汤姆看到在浮冰中沉着许多船,有的已经被冻住了。

"别害怕,孩子!我们背你过去。"好心的海鸥把汤姆和他的小狗背起来,飞过片片浮冰和怒吼的冰山,来到光辉城脚下。

"到了,孩子!下面就看你的了。"胖海鸥说。

"城门在哪儿啊?"汤姆找了半天也没看到。

"没有城门,难道你不知道?"

"没有城门?"

"对呀,连一条缝都没有。整个城的秘密就在这里!"

"那我怎么办啊?"

"当然是从浮冰底下游过去喽,如果你不害怕的话。"

"害怕？我跑了这么远的路，是决不会回去的，我现在就下水。你们和我一起去吧！"汤姆说。

"不行啊，孩子，我们不能去。祝你一路顺利！"海鸥不无遗憾地说，然后飞过浮冰，向远方飞去。

汤姆深深吸了一口气，接着就毫不犹豫地跳进了海中，小狗也跟着跳了下去。海水最初还有些光亮，但越往深去，水中越暗，最后变成了漆黑一片。汤姆就在黑暗中摸索着前进，一连游了七天七夜。这七个日夜里，汤姆心中没有一点儿畏惧，他不停地说："我不害怕，我就是出来闯世界的，我要成为一个大孩子，我要长大！"

最后，光亮重新出现在他头上，海水变得清澈起来。汤姆浮出海面了！海中有小虾蹦蹦跳跳，有水母悠闲地待在那里不肯让路。小狗对这一切非常不满，它拼命地冲小虾和水母吼叫，不让它们碰汤姆一下。

汤姆把头伸出水面，长长舒了口气，惩恶仙人告诉他的和平池终于到了。这是一处四面被冰山环绕的大海，像一个巨大的水池清澈而宁静。冰山冰峰耸立在四周，有些形成了屏障，有些形成了尖塔，有些形成堡垒——里面有山洞，有桥梁，有楼阁亭台，都由一些冰雪仙人居住着，经常驱走风暴和乌云，以保持护持婆婆的池子终年晴好。太阳像警察一样，每天都在外面走上一圈，在冰城上面窥望一下，看看是不是一切如常。有时候它也来一套魔术，或者大放花炮，给那些仙人取乐。它会同时变成四五个太阳，或者在天上画许多白热的圈圈、十字和月牙，自己坐在当中，向仙人挤眉弄眼。我敢说仙人的确都乐了，因为这个国度里，什么事情都是开心的。

就在这一片浓厚得像油的海上，有一群善良的鲸鱼，就是那些幸福的爱瞌睡的大家伙。你得知道，这些都是脊美鲸、脊鳍鲸、刀背鲸、豚鲸和长角的浑身斑点的双角鲸。那些抹香鲸，脾气坏，很吵闹，如果护持婆婆放它们进来，这个和平池就一刻不得安静了。因此，她把抹香鲸全都关在南极一个大池子里。南极的冰天雪地里有一座大火山，叫作爱里帕斯，这个池子就在爱里帕斯山东南方向二百六十三英里。那些抹香鲸在这里用它们丑陋的鼻子你捣我，我捣你，一年到头，日夜不停。

和平池里都是些善良安静的动物，就像许多单桅船一样躺在那里，不时喷出一道道白沫。有时它们也张着大嘴四下游行，等那些海蛾游进它们嘴里去。这儿没有长尾鲛用尾巴来鞭挞它们的背脊，没有剑鱼来刺它们的肚子，没有锯鳐把它们的皮肉划开，没有寒水鲛在它们腰间咬掉一块肉，也没有捕鲸人向它们投掷渔叉和渔矛。它们在这里十分安全和幸福。它们要做的就是在和平池里静静地等候着，等护持婆婆召唤它们前去，把它们从旧动物变成新动物。

汤姆游到一头鲸鱼跟前，问："请问去护持婆婆那里该怎么走呀？"

"她就在池子中间。"鲸鱼说。

汤姆抬眼望去，池子中间只有一座高耸的冰山，根本没见别的什么。

"那就是护持婆婆呀，你走到跟前就看明白了。"鲸鱼说着打了一个哈欠，这一下，有九百多只海蛾、一万多只水母、几百只小虾游进了它的嘴里。

汤姆向鲸鱼告了个别，然后就往池子中央游去。当游到冰山跟前时，冰山已经变成一位容貌庄严的老太太。她端座在白色大理石宝座上，宝座下有千万种新生的动物游出来，它们都是护持婆婆给予的生命，都是护持婆婆的儿女。

护持婆婆满头银发，安静祥和，有一双同海水一样蓝的眼睛。

"你好啊，孩子！我这里已经很久没有水孩子来了，你来干什么？"

"我从白兰登岛来，我要到天外天去找我从前的师傅葛林先生。"

"你知道去天外天的路吗，我的孩

子？"

"你能告诉我吗？"

"你不用问我，知情者一直和你在一起。"护持婆婆笑着指了指那只不离汤姆左右的小狗，"它就很熟悉那条路啊！"

小狗听护持婆婆在说自己，有些兴奋，又叫又跳。

"我给你的这件护照，它会帮助你顺利到达天外天。你一定要把它挂在脖子上，好好当心它。"

汤姆是一个顽强、坚毅的小男孩。所以从和平池去天外天的路上，他的眼睛永远盯着那只狗，不管道路曲直，不管寒暑。因此，他一次也没有走错，而且看到了到今天为止凡人连想都不敢想的奇妙事情。

天 外 天
— TIAN WAI TIAN —

离开了和平池，汤姆来到一处有万丈深的海底，这里时常有炽热的岩浆喷发出来，伴随着一团团的蒸汽。汤姆走路十分小心，时刻提防着不被搅到岩浆里去，不然的话，他就会变成一个水孩子化石了。一路上，他看到许多动物的尸体，蝌蚪、海豹、鲨鱼、鲸鱼，都是被滚热的海水烫死的。

走着走着，汤姆被一个巨大的海底深洞挡住了。从洞里呼呼地喷出许多水蒸气，简直可以把全世界的蒸汽机都发动起来。这个地方的海水很清澈，向上望，似乎都可以望见海面，可是向洞内看，却深不见底。

"啪！"一块卵石重重打在汤姆鼻子上，是被蒸汽夹卷上来的，吓了汤姆一大跳。他看到洞中的蒸汽形成的强大气流冲坏了洞内的岩壁，泥浆、沙石随着蒸汽一同喷射出来。这些卷起来的沙石、泥浆在水中渐渐落下，堆积到海底，很快就把汤姆的两只脚埋住了。

"不好了！"汤姆叫起来，"我们得赶快离开这里，要不然该把我们埋起来了。"

他的脚还没动地方，脚下就剧烈地颤动起来，紧接着"轰"的一声，汤姆就像坐上了火箭，被喷到了一英里高的地方。"救命啊！这里怎么回事？"汤姆吓得大喊大叫，可是在深深的海底，有谁会帮助他呢？

被蒸汽喷到了海中间，汤姆觉得灼热难耐，"我大概也会像路上碰到的那些死鱼死虾，很快就要没命了。"汤姆绝望地想。可是突然之间，轰鸣声停止了，好像有人给蒸汽机关了阀门，洞里的蒸汽一下子消失了。

"扑通！"汤姆又跌到了海底。

那个大洞一下子变得空空如也，随后海水就灌了进去，形成一个大大的旋涡。

"该是时候了！"汤姆对身边的小狗喊了一声，然后就勇敢地跳到洞中的急流里去。

这是一个很深很深的洞，游了大概有半天时间，汤姆才到达洞底，然后就像被什么人托着似的，他和小狗被冲到了海岸上。

天外天到了。仙人说的天外天到底是什么样呢？汤姆带着小狗，饶有兴致地参观起来。

他们先是走过废纸洲，这里像小山一样堆着许多坏书，都是不该给小孩子看的,会给他们带来不良后果。随后他们又走过糖果岛,地是黏黏的,都是用劣等的奶糖制造的,四处堆放着变质的小吃,小孩子吃了就要肚子疼、闹胃病。

刚到城里,一群人就围过来,非要给汤姆指路,可是谁也不问汤姆到底要去哪里。他们把汤姆拉过来、推过去,一会儿指引他向东,一会儿指引他向西。"我并不向东,也不向西啊!"汤姆被拉来拉去,只好不停地解释。可是那些人根本不管这些,仍然自顾自地说着,想当然地认为自己是对的。

就在汤姆被搞得头晕脑胀的时候,那只小狗出来解围了。它忽然狂怒着吼叫起来,以为这些人要把它的小主人撕碎,所以就猛扑上去,咬他们的小腿。汤姆趁机和小狗逃走了。

"这群人,不分青红皂白就要把自己的意志强加给人,真是自以为是!"汤姆一边走一边气愤地说。汤姆还小,他根本不知道,这个世界上爱犯这样错误的人可多着呢。

走啊走啊,汤姆和小狗又来到一座名叫大头娃娃的岛上。这里的居民只有脑袋,没有身子,它们是各种各样的萝卜。

刚走到岛上,汤姆就听到一阵阵悲悲切切的啼哭声,最开始,他还以为是小猪、小狗或者小猫在叫呢,可是靠近一听,发现都是些人的说话声。

"我学不会我的功课啊,考试先生来了呀!"有人在悲伤地

唱歌。

汤姆在岛上看到的第一件东西就是一个大柱子，上面用很大很大的字刻着一句话：禁止携带玩具！汤姆吃了一惊。没有玩具孩子玩儿什么呀？汤姆很想找个人问问原因，可是岛上一个人也没有，只有各种各样的萝卜。这些萝卜光秃秃的，一片绿叶子也没有，它们一看到汤姆，就不停地哭泣。

"我不懂我的功课，你帮帮我吧！"一个说。

"你能告诉我1234的平方是多少吗？"另一个哭着问。

"你知道天琴星和长颈鹿星之间的距离吗？"

"你说我远房堂弟祖母的女佣的猫叫什么名字？"

"鳄鱼为什么不能说话？"

汤姆被这些古怪的问题搞得莫名其妙，"你们问这些问题有什么用呢？对你们有什么好处啊？"

"这个我不管，反正考试先生要来了。"

汤姆和这些萝卜说不到一起去，赶紧找个借口溜掉了。他来到一块萝卜田里，碰到了一只又大又软的萝卜。它冲汤姆叫道：

"你告诉我一些你知道的事吧！"

"你想知道什么？"汤姆问。

"随便什么都可以。我妈妈说我学得快，忘得也快，不适合学系统科学，只能学点常识。"

汤姆就和它聊起来，说起自己一路上的奇闻趣事。这可怜的萝卜听得很仔细，可是听得越多，忘得也越多，身上的水也出得越多。这些都是它工作过度，脑力消耗太快的缘故。所以汤姆一边说，它一边浑身直淌萝卜汁，到了最后，它只剩下一层皮和脑子里的一包水了。

汤姆吓得跑开了，可萝卜的父母却认为它们的儿子是一个天才，一个神童，为了让他努力学习甚至牺牲了生命。它们为孩子立了一块碑，还刻了一大篇碑文。

而在它们隔壁，一对更愚蠢的夫妇正在责打一个可怜的小萝卜。它们责备它不爱说话，不动脑筋，愚笨固执。可是它们根本不知道自己孩子的身体里正长着一条寄生虫，日日夜夜折磨着它。愚蠢的父母啊，它们只想着望子成龙，却从不真心去关怀自己的孩子！有多少父母不是这样，在该给孩子买玩具的时候却拿来了戒尺，在该带孩子去看医生的时候却把他们关进了黑屋子里！

汤姆真搞不懂这一切是为什么，他碰到了一根身子半埋在土里的旧手杖，于是就走上前去想向他问个明白。

"你知道吗？"手杖说，"这里原来住着许多可爱的孩子，可是他们的爸爸妈妈却不让他们像正常孩子一样去采野花、玩泥巴，硬逼着他们做功课，学呀学，考呀考，让这孩子脑子越变越大，身体越变越小。他们最后全都变成了萝卜，肚子里什么都没

有，只有一包水。"

"如果福善仙人知道这些，一定会给他们送来许多玩具，让他们像天使一样快乐。"

"没用啦！"手杖叹了口气，"它们现在想玩都玩不了啦，你没看它们的腿从不运动，已经在地上生了根了吗？现在你快走吧，一会儿那个考官该来了，他最擅长的就是考试，而且是无孔不入，孩子们都像怕瘟神一样怕他。"

汤姆一听，赶紧和小狗一起跑了。路上，他们看见有许多可怜的萝卜正忙着往肚子里塞东西，好对付主考官先生。有一些萝卜太着急，结果肚子装不下，扑扑扑地爆裂开，像炸弹一样。

汤姆害怕自己被炸上天，赶快和小狗离开了。一路上，汤姆遇到很多很多的离奇事，但是有小狗的保护，每次都能化险为夷。最后他们总算见到了一座大房子。汤姆有一种预感，他觉得自己这会儿可以见到葛林先生了。

正走着，汤姆远远地看到有三四个人向他跑来，叫他站住。汤姆不敢走了，等那三个身影走近，汤姆发现他们根本不是人，而是三根警棍，没有胳膊没有腿，在光溜溜的脖子上，套着一个皮圈。

汤姆对这一切都见怪不怪了，因为没有胳膊没有腿的东西他见得太多了。他站在那里，心里并不害怕。

"你来做什么？"警棍走上来问他。

"我是来找葛林先生的。"汤姆一边说，一边把护持婆婆的护照拿出来给他看。

那个警棍看护照的样子很可笑，因为它只有一只眼睛，长在警棍的上部，而身子又是僵硬的，所以一看东西，身体就直直地倾斜过来，可是却立得很稳，没有一点儿要栽倒的迹象。

"好了，你可以走了。"警棍看了一会儿，终于决定放行。可是刚说完，它又改变了主意："不，还是我和你一起去吧，小伙子。"说完，它把自己的皮圈紧了紧扣子，以免在走路时自己把自己绊倒。

"你怎么不在警察手里呢？"汤姆问他。

"我们和陆地上那些笨警棍不同，它们非要有人拿着才好，而我们是自己的事情自己做。"

"你们的脖子上为什么要扣一根皮圈呢？"

"等下班了，好把自己挂起来呀。"

汤姆明白了。他跟警棍走到监狱的大铁门前，警棍用自己的身子撞了两下门。

门上开了一个小窗口，一杆黄铜做的老式土枪探出头来，枪膛里装满了子弹，这是狱卒。

"这是什么案子啊？"土枪声音低沉地问，那声音就是从巨大的枪口发出来的。

"噢，对不起！他不是案犯，是老太太那儿派来探望葛林的。"

"葛林？我查查看。"土枪把枪嘴缩了回去，查看犯人的名单。

"葛林在345号烟囱上面，让他自己爬到屋顶上去吧。"土枪在门里面说。

汤姆望了望监狱的大墙，至少有九十英里高，可怎么上去呀！正在发愁的时候，警棍在汤姆背后狠狠地给了他一闷棍，汤姆吓得跃起来，这么一来，他就抱着那只小狗，跳上了屋顶。

在屋顶，汤姆又看到一根警棍，向它说明了自己的来意。

"你是来帮助葛林的？"警棍说，"我看是白费工夫。他在我们这里，是最不知改悔的家伙了。整天说下流话，只想抽烟和喝酒。在我们这里可不允许这个！"

汤姆和警棍沿着落满烟灰的房檐儿走过去，一会儿便到了345号烟囱。葛林先生的脑袋刚从烟囱里伸出来，全身都是煤灰，又脏又丑。他嘴里含着一支烟斗，拼命地吸，可是烟斗里根本没有火。

"葛林，有位先生来看你，你放规矩点儿。"警棍说。

葛林根本不听，只是不停地咒骂，嫌他的烟斗抽不了。

警棍生气了，身子一纵，像一位武打明星，用身体在葛林先生的头上砸了一下，说："你放老实些！"

葛林的头被打疼了,左右直晃,再也不敢胡言乱语了。他抬起头来,看到了汤姆,"这不是汤姆吗?你是来嘲笑我的,是不是?"

"不,葛林先生,我到这里来是想帮助你。"

"哼,我不要什么帮助!我只要啤酒,只要抽烟,可是这两样一个都到不了手。"

"我给你找个火。"汤姆从地上找到一块烧红的煤块,给葛林的烟斗点着,可是烟斗马上又灭了。

"先生,你这样根本没用。"警棍说,"他的心已经太冷了,什么东西靠近他都会冻结的。"

"那怎么办?我该怎么帮你?我帮你爬出烟囱吧!"汤姆说。

"不行。"警棍说,"他自己惹的祸,只有他自己才能救得了自己。"

"当然,当然!"葛林不情愿地说,"你们总是怪我,难道是我情愿到监狱来的?是我情愿到这扫烟囱?是我情愿把自己塞在烟囱里?没有烟抽,没有酒喝,都是我情愿的?"

"这不是你情愿的。"在汤姆身后有个人说,"但在你打骂汤姆的时候,那也不是汤姆情愿的。"

说话的是惩恶仙人。警棍一看见惩恶仙人,立即挺直身板,行了个礼,汤姆也鞠了一躬。

"我的那些事都过去了,别谈了。我现在能不能帮帮葛林先生?我把烟囱上的砖头搬开几块儿,让他活动活动胳膊吧!"

"你试试看吧。"惩恶仙人说。

汤姆走过去搬烟囱上的砖,可是怎么也搬不动。他想给葛林擦擦脸上的煤灰,可是那煤灰像粘在他脸上似的,怎么擦都擦不掉。

"好啦好啦,你不要管我了!"葛林的脸上有了一点儿温和的神色,"你是个好心肠的小东西,汤姆!真的,不过你别管我,快走吧!一会儿冰雹就要来了,会打得你眼珠子都要掉出来了。"

"冰雹?"

"对呀,这里每天晚上都下冰雹。没落到我身上时,就像一阵暖雨;可是一到我身上,就像小石头一样又冷又硬。"

"冰雹再也不会来了。"惩恶仙人突然出现了,"那是你妈妈的眼泪,是她跪在床前给你祈祷时流的泪,可是因为你的心太冷的,所以泪水就变成了雹子。不过她现在安息了,再也不用为狠心的儿子哭泣了。"

葛林半天没有说话,他的脸很凄凉。

"我的妈妈去世了?"他喃喃地说,"我却不在她跟前,没多和她说上一句话。如果我不惹她伤心,她大概现在还在凡谷的小学校里快快乐乐地教孩子们读书呢。"

"她在凡谷的小学校里?"汤姆问。

"是啊,她一直在那里教小孩子识字。"

"我见过她呀!"汤姆叫起来,接着他就把自己到那位老奶奶家的经过说给葛林听。

"她看到扫烟囱的小孩儿是该不高兴。因为我从家里跑出去做了扫烟囱的孩子,可是我从没告诉过她我在哪儿,也没寄过一个钱给她。呜……呜,现在一切都晚了,都晚了!"说完他大声哭起来,像个小孩子一样伤心不止。

"我要是能重新做一次小孩子就好了,我一定不会让妈妈伤心,不会让她孤零零地死去。可是一切都来不及了。从前就有一个爱尔兰女人说过,我是自甘堕落,我没把这话放在心上。现在我知道自己错了,可是已经没有用了。"葛林泪流不止。

"一切都还来得及。"惩恶仙人说,她的声音非常柔和,汤姆禁不住抬眼望望她,此时,惩恶仙人非常美,真的。

奇怪的事发生了。葛林的眼泪把他的脸和衣服冲洗得干干净净,接着泪水又冲垮了困住他的烟囱,那大烟囱"哗啦"一下倒塌了。

警棍立刻冲过去,准备给他当头一棒,可是被惩恶仙人制止了。

"我如果给你一个机会,你会服从吗?"惩恶仙人问。

"我听您的吩咐,太太!我从前不听人劝告,一味地在做错

事，最后才会落到这个地步。我听您的，干什么都行。"

"那么好吧。可是如果你再不听我的劝告，我会把你送到一个更糟糕的地方。"

"太太，我想不起来曾经违抗过您呀，还是送我到了这个鬼地方之后，我才见到您的。"

"是吗？那么那句'自甘堕落到底'的话是谁告诉你的？"

葛林抬起头来，汤姆也抬起头来，因为这声音正是那天去爵爷府的路上碰到的爱尔兰女人的声音。原来那个爱尔兰女人就是惩恶仙人变的呀！

"我当时警告过你，可是你一直不听，继续说下流话、喝醉酒、偷东西、做下流的事，这些都是在违抗我，难道不是吗？"

"我错了，太太。"

"那么你出来吧！我再给你一次机会，也许是最后一次机会。"

葛林从烟囱里走了出来。

"把他带走，给他一张通行证。"惩恶仙人对警棍说。

"带他到哪里去呢？"

"派他去扫阿特那火山穴。那里已经有一些人在打扫了，他们会教他怎么做。记住，如果火山穴哪天被堵住，又引起地震的话，你要把他们全押回来，我要追查。"

葛林被押走了，听说一直到今天，他还在打扫阿特那火山呢。

等葛林走了，惩恶仙人对汤姆说："你在这里的工作完成了，也该回去了。"

"可是，我怎么回去呢？还是像来时一样吗？"汤姆问。

"用不着！"仙人笑了，"你闭上眼睛，我告诉你怎么走。"

汤姆听话地闭上眼睛，似乎就两秒钟的工夫，惩恶仙人就让他睁开了眼睛。

在汤姆面前的是一排高大的杉木，淡红色的晨曦透过树林映照过来，树木显得又高大又宁静。远处的大海波光粼粼，海鸟在飞翔歌唱。

一阵柔美、清新的歌声隔水传来，汤姆听得呆住了，跳进水中，向不远处的小岛游去。

游近一看，有一个清秀可爱的女孩子在礁石上坐着，手托着腮，脚拍打着海水。听到有人游过来，她抬起了头，汤姆一看，是爱丽！

"爱丽！"汤姆叫起来，"你长得真高啊！"

"啊，汤姆，你也长高了！"

两个人相对站着，看着对方。是啊，他们都长大了，汤姆已经是一个高大的小伙子了，爱丽也成了一个美丽的姑娘。

"我是该长大了，汤姆。因为我坐在这里等了你已有好几百年了，我还以为你永远不会回来了呢。"

"我一直想快些见到你啊！"两个人就这样对视，一晃又过了好久好久。

"孩子们，你不想看看我吗？"是仙人的声音。

"我们在看你呀！"他们俩同时转过头，"啊，你到底是谁？"

在汤姆和爱丽眼前的，一会儿是惩恶仙人，一会儿是福善仙人，一会儿是护持婆婆，一会儿又成了爱尔兰女人。他们望着她，觉得她一会儿像这一个，一会儿像那一个。

"对了，我就是你们心里想的那个人。"仙人说，"只要人世间有人需要帮助，需要指点，我就会出现。"

她笑了笑，说："爱丽，现在汤姆已经做了该做的事，他已经是一名男子汉，你可以每个星期日带他回家了。"

从此以后，每到星期日，汤姆都和爱丽回家，有时即使不是星期天也回去。他现在已经成了一名大科学家，设计铁路、蒸汽机、电极、步枪，还懂得海里的一切事。这些都是他在海底成为水孩子时学到的。

那只小狗呢？

你看到天上的天狗星了吗？原来的那只天狗星已经干得太久了，人们让它退了休，就把汤姆的小狗送到了天上去。它现在工作得很起劲呢!

"后来,汤姆和爱丽结婚了,对吗?"有的孩子会问。

这个嘛,我也不知道呀!在童话里,不是只有公主和王子才结婚的吗?反正他们过得很快乐,尽他们的所能帮助别人,为别人做好事。

没准儿今后有一天,你还能碰见他们呢,你信不信?

我的故事讲到这儿就结束了。

图书在版编目（CIP）数据

水孩子 / (英) 金斯利 (Kingsley,C.) 著 ;亓雪莹改写. —长春:吉林美术出版社, 2014.5（2022.1重印）
ISBN 978-7-5386-8429-2

Ⅰ.①水… Ⅱ.①金… ②亓… Ⅲ.①童话－英国－近代 Ⅳ.①I561.88

中国版本图书馆CIP数据核字(2014)第094263号

SHUI HAIZI
水孩子

著　者	[英]查尔斯·金斯利
改　写	亓雪莹
出版人	赵国强
责任编辑	栾　云
开　本	787mm×1092mm　1/16
印　张	11.5
版　次	2014年5月第1版
印　次	2022年1月第6次印刷
出版发行	吉林美术出版社
地　址	长春市净月开发区福祉大路5788号
邮政编码	130118
网　址	www.jlmspress.com
印　刷	吉林省金昇印务有限公司

ISBN 978-7-5386-8429-2　　定价：45.80元

版权所有　侵权必究